Chères lectrices,

Souvenez-vous de votre enfance et de la joie que vous éprouviez à vous déguiser pour mardi gras... Ah! époque bénie où il était possible de se transformer, l'espace d'une journée, en princesse, en gitane ou en fée... De se grimer le visage selon les canons de l'esthétique féminine : joues fardées de rouge, paupières bleutées — et ce, indépendamment de la couleur de nos yeux —, et surtout, rouge à lèvres appliqué sans restriction aucune... Jour heureux où il convenait d'adopter des manières dignes de notre déguisement : grignotant avec la délicatesse d'une reine, dansant avec la sensualité d'une gitane ou ne nous séparant jamais de notre baguette magique !

Même si ce temps semble loin désormais, je crois que quelque chose de mardi gras subsiste en chacune d'entre nous : l'envie de changer de rôle, de nous faire passer pour une autre... En d'autres termes, le désir de faire surgir l'imprévu dans le quotidien et de nous évader !

Et, de ce point de vue, j'espère que la collection Azur vous permet de retrouver un peu de cette magie si rare dans la vie de tous les jours, en vous proposant chaque mois sentiments, dépaysement, rebondissements et... prince charmant !

Très bonne lecture,

La responsable de collection

Une reine à conquérir

ALEXANDRA SELLERS

Une reine à conquérir

COLLECTION AZUR

*Cet ouvrage a été publié en langue anglaise
sous le titre :*
SHEIKH'S HONOR

Traduction française de
MARIE-PIERRE MALFAIT

HARLEQUIN®
est une marque déposée du Groupe Harlequin
et Azur® est une marque déposée d'Harlequin S.A.

Originally published by Silhouette Books,
division of Harlequin Enterprises Ltd.
Toronto, Canada

*Toute représentation ou reproduction, par quelque procédé que ce soit, constitue-
rait une contrefaçon sanctionnée par les articles 425 et suivants du Code pénal.*
© 2000, Alexandra Sellers. © 2002, Traduction française   Harlequin S.A.
83-85, boulevard Vincent-Auriol, 75013 Paris — Tél. 01 42 16 63 63
Service Lectrices — Tél 01 45 82 47 47
ISBN 2-280-04883-3 — ISSN 0993-4448

1.

L'hydravion vert et blanc effleura la cime des arbres dans un vrombissement sourd. Manifestement, il s'apprêtait à se poser sur le lac voisin. Aux commandes d'un puissant hors-bord, Clio Blake reconnut le bruit de l'engin avant même de le voir. Et lorsqu'il passa au-dessus d'elle, elle leva les yeux vers le ciel d'un air sombre. Si seulement elle avait pu les faire disparaître, lui et son propriétaire, d'un coup de baguette magique...

Elle ne voulait pas de cet homme ici. Il n'aurait pas dû venir. Ce n'était pas normal.

Elle réduisit sa vitesse pour s'engager dans l'étroit canal qui reliait les deux lacs. Sur les rives, quelques cottages étaient encore fermés mais la plupart s'apprêtaient à accueillir les premiers vacanciers de la saison. Deux hommes étaient en train d'ouvrir les volets d'une des maisons, et Clio les salua d'un grand signe de la main.

Lorsqu'elle déboucha sur l'autre lac, elle accéléra de nouveau en direction du quai réservé aux hydravions. Le Twin Otter glissait déjà au fil de l'eau, sur le point de redécoller.

Ainsi, il était arrivé. Sans aucun contretemps, aucun empêchement... Clio esquissa une grimace. Avait-elle inconsciemment espéré que son avion s'écrase ? Peut-être, tant son animosité était grande. Hélas, lorsqu'elle avait exprimé ses réserves, ses parents avaient obstinément refusé de l'écouter. Les désirs de sa sœur Zara étaient des ordres, comme d'habitude ; et Zara souhaitait que le prince Jalal ibn Aziz ibn Daud ibn Hassan al Quraishi, neveu fraîchement reconnu des souverains des émirats du Barakat, vienne passer l'été — tout l'été ! — chez eux.

En cet instant précis, se souvenait-il, comme elle, de leur dernière entrevue ? « Il est très risqué de prendre pour ennemi un homme dont on ignore la force », avait-il alors déclaré.

Clio avait fait mine de se moquer de la menace sous-jacente, se contentant d'écarquiller les yeux comme pour dire : « Pourquoi diable aurais-je peur de vous ? » Alors qu'en réalité, la seule présence de cet homme l'effrayait... Qui n'aurait pas éprouvé la même chose face à celui qui n'avait pas hésité à enlever sa sœur Zara pour se faire entendre des princes du Barakat ?

Par miracle, cet épisode terriblement éprouvant n'avait pas tourné au drame. Mais quoi qu'il en fût, Jalal était et resterait à jamais son ennemi. Voilà ce qu'elle lui avait dit le jour où le mariage du prince du Barakat avait été célébré dans un faste digne des plus beaux contes de fées. Le jour du mariage de Zara et du prince Rafi. Pour Clio, cette fête somptueuse avait été considérablement ternie par la présence de cet homme... même si, par un étonnant retournement de situation, il jouissait à présent du titre de *prince* alors qu'il était autrefois qualifié de *bandit*.

Il est très risqué de prendre pour ennemi un homme dont on ignore la force.

Un frisson parcourut Clio. Nul doute qu'elle apprendrait à découvrir ses atouts — et ses faiblesses — au cours de l'été. Mais une chose était sûre : jamais elle ne lui pardonnerait le calvaire qu'il leur avait fait subir en enlevant sa sœur Zara.

Quels que fussent les points forts de Jalal le Bandit, il

ne serait jamais rien d'autre à ses yeux qu'un ennemi dont elle n'aurait de cesse de se méfier.

Du plus loin qu'elle se souvînt, Clio avait toujours admiré sa sœur, de trois ans son aînée. *Zary :* c'était ainsi qu'elle l'avait appelée dès qu'elle avait commencé à parler. Elle considérait que ce surnom affectueux lui appartenait et détestait entendre d'autres gens l'employer.

Clio et Zara ressemblaient beaucoup à leur mère. Toutes deux avaient hérité de sa chevelure brune, de ses yeux marron foncé, de son ossature délicate... Mais Clio savait pertinemment qu'elle n'était qu'une pâle version de son aînée, dont la beauté parfaite suscitait l'admiration de tous. Alors que les cheveux de Zara retombaient en boucles mousseuses sur ses épaules, ceux de Clio étaient épais, mais plutôt raides. Zara ressemblait à une princesse de conte de fées avec ses beaux yeux en amande, ses traits délicats et son corps de poupée de porcelaine. Clio, elle, avait de grands yeux sombres surmontés d'épais sourcils parfaitement dessinés qui lui conféraient souvent un air sévère. Fournis et naturellement brillants, ses cils étaient très longs et elle avait hérité de la grande bouche charnue de son père, contrairement à Zara qui possédait la même bouche à la fois pleine et délicate que leur mère.

A onze ans déjà, Clio dépassait son aînée d'une bonne tête et malgré son jeune âge, elle éprouvait le besoin de protéger Zara, de livrer des batailles pour elle, alors même que cette dernière était parfaitement capable de montrer ses griffes lorsqu'il le fallait. Très souvent d'ailleurs, Zara ne comprenait pas les croisades de sa cadette.

Comme celle-ci, précisément. Zara avait pardonné et presque oublié ce que lui avait fait Jalal. Clio, elle, s'en sentait incapable. C'était Zara qui avait demandé à sa famille d'accueillir le prince pour l'été afin qu'il perfectionne sa pratique de l'anglais en vue de poursuivre ses études... Scandalisée, Clio avait tenté de raisonner ses parents.

Mais elle avait perdu la bataille. De surcroît, elle s'était retrouvée dans l'obligation de venir en personne chercher Jalal le Bandit, fraîchement débarqué dans cette région splendide de l'Ontario où vivait et travaillait la famille de Clio. Sur les rives du Love Lake... le lac de l'Amour.

Il se tenait sur le quai, à côté de deux gros sacs de toile. Il avait rasé sa courte barbe depuis leur dernière rencontre. Etait-ce pour mieux s'intégrer à la population locale ? Quoi qu'il en soit, c'était peine perdue. Sa carrure, son port de tête altier, son regard de braise, tout en lui le distinguait des hommes qu'elle connaissait.

Il sembla sortir de sa rêverie lorsqu'elle accosta. Le niveau de l'eau était bas cette année et il la dominait de toute sa hauteur.

— Clio ! s'écria-t-il d'un ton enjoué.

Ainsi, il était prêt à oublier, lui aussi, à faire comme s'il ne s'était rien passé. Clio serra les dents. Elle, non.

— Prince Jalal, dit-elle en le gratifiant d'un petit hochement de tête glacé. Pouvez-vous sauter à bord ? Jetez d'abord vos sacs.

Il la dévisagea quelques instants avant de hocher la tête à son tour. Son visage s'était rembruni, toute trace de sympathie l'avait déserté et Clio en éprouva un vif soulagement. C'était mieux qu'ils se comprennent bien, dès le départ.

— Merci, lança-t-il avant de jeter ses sacs, l'un après l'autre, à l'arrière du bateau.

Puis il demeura un moment immobile, sourcils froncés, les yeux rivés sur l'embarcation qui tanguait légèrement. Et Clio comprit soudain qu'il n'avait probablement jamais sauté à bord d'un bateau — geste si simple, si ordinaire pour elle.

Et dire qu'il était censé aider son père à la marina pendant tout l'été ! Tel avait été l'argument de ses parents lorsqu'elle avait essayé de les dissuader de l'accueillir : avec Jude qui partait à la ville, ils avaient impérativement besoin d'un remplaçant...

— Attrapez ma main, dit-elle d'un ton froid avant de tendre sa main gauche dans sa direction, tout en gardant l'autre sur le volant. Descendez d'abord sur le siège.

Il obéit sans protester. Lorsque leurs doigts entrèrent en contact, Clio retint son souffle. Comme traversée par une onde électrique, elle retira vivement sa main.

Déséquilibré, Jalal tenta de remonter sur le quai mais c'était trop tard. Le bateau s'écarta au moment où il trébuchait maladroitement sur le siège, se raccrochant d'instinct à la jeune femme.

Par automatisme, cette dernière l'étreignit de toutes ses forces et ils se retrouvèrent tous les deux enlacés : Jalal agenouillé, les bras noués autour de sa taille, le visage pressé contre les rondeurs moelleuses de sa poitrine et Clio, les bras enroulés autour de ses larges épaules, les mains plaquées sur son dos musclé.

Comme deux amants qui se retrouvent après une longue séparation. La chaleur qui émanait de son grand corps lui brûlait les paumes. Elle sentait la caresse de son souffle sur sa gorge. L'espace de quelques instants, le soleil qui se reflétait à la surface de l'eau l'aveugla douloureusement.

Puis elle se raidit, submergée par un brusque flot de fureur.

— Lâchez-moi tout de suite, ordonna-t-elle.

Jalal se redressa avant de la foudroyer du regard. Il était aussi furieux qu'elle, c'était évident...

— Que cherchez-vous à prouver ? s'enquit-il d'un ton cinglant.

Les joues en feu, Clio protesta :

— Je ne l'ai pas fait exprès ! Pour qui me prenez-vous, enfin ?

Il continua à la dévisager sans ciller.

— Pour une femme qui n'en fait qu'à sa tête. Vous avez décidé d'être mon ennemie sans savoir ce que cela implique. Si vous tentez de nouveau de me ridiculiser, vous apprendrez à vos dépens qu'il est dangereux de me défier.

A ces mots et sous l'intensité de son regard noir, une vague de panique assaillit Clio. Au prix d'un effort, elle parvint cependant à dissimuler son trouble.

— Je suis tout à fait consciente des conséquences de mon choix, merci, répliqua-t-elle avec hauteur.

N'avait-elle pas appris à se méfier de lui le jour où il avait enlevé Zara ? Mais il secoua la tête d'un air dédaigneux, la transperçant du regard.

— Si tel était le cas, vous ne vous conduiriez pas comme une enfant.

— Je ne vois pas ce que vous voulez dire.

— C'est pourtant simple : vous êtes une femme, Clio, et je suis un homme. Lorsqu'une femme décide qu'un homme sera son rival, c'est souvent parce que des motivations inconscientes guident son choix, expliqua-t-il d'un ton désinvolte.

Clio ouvrit la bouche, abasourdie.

— Je n'en crois pas mes oreilles... Vous mériteriez la palme d'or de l'arrogance misogyne, vous qui vous targuez d'habiter un pays moderne et laïc ! On ne dirait vraiment pas que...

Il esquissa un sourire en levant la main pour stopper ce flot de paroles.

— Je suis un homme du désert, lui rappela-t-il d'une voix sourde.

— Ceci explique cela, en effet, railla la jeune femme.

A ces mots, il leva un index menaçant dans sa direction.

— Dans le désert, les hommes accomplissent toutes les corvées physiques car ils sont forts alors que les femmes sont faibles. Ils savent faire la part des choses.

Le sang de Clio ne fit qu'un tour.

— Croyez-vous vraiment que je...

— En retour, Clio, une femme ne parle jamais à un homme sur le ton que vous utilisez avec moi. La femme possède une langue acérée, l'homme une grande force physique. Nous nous respectons mutuellement en évitant d'utiliser nos armes les uns contre les autres.

— Serait-ce une menace?

— J'essaie simplement de vous expliquer comment fonctionnent les hommes et les femmes dans un pays civilisé, répondit-il en haussant les épaules.

La pointe d'amusement qu'elle perçut dans sa voix la mit hors d'elle.

— Eh bien, sachez que ce n'est pas ainsi que nous fonctionnons ici! explosa-t-elle, ivre de rage. Et au cas où vous ne l'auriez pas remarqué, nous ne sommes pas dans le désert!

Le sourire de Jalal s'épanouit.

— Je sais. Nous sommes sur le point de percuter le bateau voisin et c'est une chose qui ne se produirait jamais en plein désert.

2.

Clio fit volte-face pour se jeter sur le volant. *In extremis,* elle mit le contact et évita de justesse le petit yacht amarré au quai voisin. Elle venait de frôler la catastrophe, songea-t-elle en jetant un coup d'œil anxieux sur la coque brillante de l'élégant bateau...

Pareille étourderie ne lui ressemblait guère. Cela ne faisait que confirmer l'influence désastreuse qu'avait Jalal sur ses nerfs.

Les yeux rivés sur l'eau bleutée du lac, les mains posées sur le volant, Clio s'efforça de reprendre le contrôle de ses émotions. Il l'avait provoquée intentionnellement et elle avait foncé dans le piège tête baissée. Quelle idiote... Jamais elle ne passerait l'été si elle réagissait aussi violemment à chacune de ses provocations !

Jalal semblait absorbé dans la contemplation du paysage.

— C'est la première fois que je vois pareil décor, déclara-t-il d'un air admiratif qui radoucit Clio, follement amoureuse de sa région. C'est très beau.

— Mais je suppose que vous devez vous sentir plus à l'aise dans le désert, fit-elle observer en se remémorant le paysage rude et monotone qu'elle avait aperçu lors de son séjour aux émirats du Barakat. C'est chez vous, après tout.

— Je ne me sens chez moi nulle part.

Elle posa sur lui un regard étonné.

— Vraiment? Pour quelle raison?

Il secoua la tête.

— Mon grand-père Selim n'a jamais souhaité me voir suivre ses traces. Quand j'étais enfant, il me répétait sans cesse qu'un destin hors du commun m'attendait. J'ai grandi avec la sensation que mes vraies racines n'étaient pas dans mon village natal. Elles se trouvaient ailleurs, mais j'ignorais où. Un jour, ma mère m'a emmené avec elle dans la capitale...

— Zara m'a dit que votre éducation avait été prise en charge par le palais dès votre plus jeune âge, intervint Clio, captivée malgré elle par le récit de sa vie et le timbre grave de sa belle voix profonde.

— C'est vrai, même si je l'ignorais à l'époque. Des choses étranges se produisaient mais j'étais trop jeune pour m'en rendre compte. Ce n'est que lorsque je suis entré à l'université et que ma mère m'a donné une liste des matières que je devais étudier que mes soupçons ont fini par prendre corps. J'ai exigé de savoir qui régissait ma vie, et pour quelle raison. Mais elle a refusé de me répondre.

— Avez-vous suivi le cursus qu'on avait choisi pour vous?

Il laissa échapper un rire amusé.

— Bien sûr que non! J'ai déchiré la liste en mille morceaux et clamé haut et fort qu'à présent que j'étais un homme, j'étais tout à fait capable d'agir à ma guise!

— Que s'est-il passé alors?

Il haussa les épaules.

— J'ai obtenu mon diplôme avant de m'engager dans l'armée. Là encore, j'ai senti la main invisible de mon protecteur se refermer sur moi. On m'a directement inscrit à l'école des officiers et j'ai gravi les échelons de la hiérarchie militaire en un temps record. Malgré mes questions de plus en plus pressantes, ma mère est restée muette comme une tombe, conclut-il d'une voix teintée de frustration.

— Vous avez pourtant fini par élucider le mystère, fit observer Clio.

— En effet. Le jour où les princes ont accédé au pouvoir, conformément aux dernières volontés de leur père. Ce jour-là, le royaume du Barakat a disparu pour laisser place à trois émirats. Ç'a été une cérémonie grandiose, retransmise dans tout le pays. Des postes de télévision ont été installés sur les places des petits villages ; c'était un spectacle somptueux, destiné à rassurer le peuple, à lui montrer le pouvoir, le mystère et la noblesse de ses nouveaux souverains.

Sans s'en rendre compte, Clio esquissa un sourire, subjuguée par ses talents de narrateur.

— J'étais chez ma mère le jour de la cérémonie. Jamais je n'oublierai l'instant où la caméra a zoomé sur les visages des princes, l'un après l'autre, s'attardant en dernier sur celui du prince Rafi. Bien sûr, je savais que nous nous ressemblions : chaque fois qu'un journal publiait sa photo, tous mes proches m'en faisaient la remarque. Mais que représente une photo par rapport à la réalité ? Ce jour-là... ce jour-là, j'ai regardé le prince Rafi évoluer, parler et sourire et c'était comme si... comme si je contemplais mon reflet dans un miroir.

Il marqua une pause et Clio retint son souffle.

— Tout à coup, la lumière s'est faite dans mon esprit. Le mystère qui planait autour de mon existence... J'ai su alors qu'il était directement lié à ma ressemblance avec le prince Rafi. J'ai su que le vieil homme que j'avais toujours considéré comme mon père n'était pas mon vrai père. « Qui suis-je ? me suis-je exclamé en me tournant vers ma mère, tremblant de tout mon corps. Qui est le prince Rafi pour moi ? »

— Vous a-t-elle enfin avoué la vérité ?

Il hocha la tête.

— Elle ne pouvait plus se dérober, malgré la honte qui l'accablait encore. En réalité, elle était extrêmement déçue de voir que le fabuleux destin qu'on lui avait promis pour moi depuis tout ce temps ne s'était pas concrétisé en ce jour exceptionnel. « Rafi est ton oncle, m'avoua-t-elle alors. C'est le demi-frère de ton père, le grand prince Aziz. Tu aurais dû te tenir à leur place aujourd'hui. »

Jalal s'interrompit de nouveau, oscillant entre le passé et le présent.

— Comme tous mes concitoyens, je savais qui était le prince Aziz, bien que vingt-cinq ans se soient écoulés depuis le tragique accident qui leur avait coûté la vie, à son frère et à lui. Les conteurs n'ont jamais cessé de chanter le grand drame du roi Daud.

Les yeux de Jalal se posèrent sur la jeune femme, mais ce n'était pas elle qu'il contemplait. C'était le passé.

— Et ce noble prince, ce héros que la mort avait fauché à la fleur de l'âge... Cet homme était mon père.

Clio inspira profondément.

— Cela a dû être un choc terrible pour vous, murmura-t-elle avant de se reprendre.

Non, l'histoire de sa vie, si extraordinaire fût-elle, ne l'attendrirait pas ! Elle le vit hocher sombrement la tête.

— J'étais totalement désemparé. En quelques instants, tous mes repères étaient partis en fumée, tout ce que je croyais savoir sur moi, sur mes origines, tout était réduit à néant. C'était comme si je m'étais glissé dans la peau d'un autre... J'étais à présent le fils illégitime d'un prince défunt, le petit-fils de notre grand roi... Comment cela avait-il bien pu se produire ? Pourquoi ne m'avait-on rien dit ?

— Quel choc, vraiment, répéta Clio.

— Un véritable choc, en effet. Mais la surprise céda rapidement la place à une rage dévorante. S'ils ne souhai-

18

taient pas reconnaître officiellement mon existence à cause du caractère illégitime de ma naissance, pour quelle raison m'avaient-ils arraché à ma vie ordinaire, pourquoi m'avaient-ils envoyé dans les meilleurs établissements du pays? Pourquoi n'avais-je jamais eu l'occasion de rencontrer mon grand-père, le roi, et son épouse bien-aimée? A quoi rimait tout cela? Mon grand-père n'était plus de ce monde et mes questions demeuraient sans réponse.

Il marqua une nouvelle pause. Le bateau glissait sur l'eau et il cligna des yeux, aveuglé par les rayons de soleil qui dansaient à la surface du lac.

— Qu'avez-vous fait? s'enquit Clio, captivée malgré elle.

Il lui coula un bref regard avant de reporter son attention sur un point invisible, là-bas, à l'horizon.

— J'ai tenté d'entrer en contact avec les nouveaux princes, mes oncles. Je désirais tant connaître les projets que mon grand-père avait faits pour moi!

— Et ils ne vous ont rien dit?

Il secoua la tête.

— Non. Absolument rien. En fait, ils ont refusé de recevoir leur propre neveu. On m'avait délibérément éloigné de ma mère, et les responsables de cette situation m'empêchaient d'intégrer la famille de mon père!

A ce point du récit, il la fixa avec intensité.

— N'était-ce pas totalement injuste? Ma révolte n'était-elle pas légitime?

— Zara m'a raconté que vos oncles n'étaient au courant de rien. Rafi, Omar et Karim... ils ignoraient qui vous étiez. N'est-ce pas la vérité?

— Il est vrai que personne ne leur avait rien dit. Après coup, ils m'ont expliqué que mes missives leur avaient toujours semblé floues, imprécises. Ils me considéraient comme un vulgaire bandit. Pourtant, quelqu'un détenait le secret depuis le début. Mon grand-père en personne... Bien qu'il n'ait jamais fait mention de mon existence dans son testament.

— Ne trouvez-vous pas cela bizarre ? demanda Clio, sincèrement intriguée. En outre, j'ai du mal à croire qu'une femme ne cherche pas à connaître son unique petit-enfant, le fils de son propre fils défunt.

Le visage de Jalal s'assombrit.

— Peut-être préféraient-ils ne pas ébruiter l'existence d'un enfant né en dehors des liens sacrés du mariage.

— Ainsi, ils n'ont jamais cherché à vous voir ? insista Clio, perplexe.

A leur place, elle aurait remué ciel et terre pour retrouver son petit-fils, chair de sa chair, fruit des amours, fussent-ils illicites, de son fils chéri.

— Non... à aucun moment. Ils n'ont même pas laissé de lettre qu'on aurait pu me remettre à leur mort.

Pas étonnant qu'il ne se sentît nulle part chez lui, songea Clio. Son compagnon demeura silencieux comme ils continuaient leur traversée du lac.

— Qu'avez-vous fait lorsque vos oncles ont refusé de vous recevoir ?

Il était retourné dans le désert où il avait grandi. Mais rien n'était plus pareil.

— Je ne me suis jamais senti vraiment à l'aise dans le désert, expliqua-t-il. Et ce peuple de nomades, tellement primitif, tellement effrayé par le progrès et la nouveauté, n'a jamais été ma famille.

Confronté à ce terrible décalage, il avait décidé de forcer sa vraie famille à reconnaître son existence. Sa détermination s'était renforcée au fil du temps et il avait entrepris de rallier des fidèles à sa cause... avant de finalement décider de prendre un otage.

— Quant à la suite, vous la connaissez, conclut-il d'un ton morne.

— En effet. Et maintenant, votre vie a de nouveau basculé. Grâce à Zara, vous avez pu vous faire entendre, vous avez hérité des titres et des biens de votre père... De surcroît, vous avez réussi à gagner la confiance de vos oncles au point de vous faire nommer Grand Vizir et vous êtes à présent investi d'une mission...

Il tourna brusquement la tête et darda sur elle un regard inquisiteur.

— Une mission ? Qui vous a dit que j'étais venu en mission ?

Les yeux de Clio s'arrondirent de surprise.

— Je croyais que vous étiez ici afin de perfectionner votre anglais pour pouvoir ensuite étudier les sciences politiques ou je ne sais quelle autre matière à Harvard à l'automne prochain. Un stage en immersion totale chez les Blake, famille rustique par excellence, n'est-ce pas la mission qu'on vous a assignée pour l'été ?

La méfiance déserta le regard de Jalal.

— Si... c'est tout à fait ça.

Clio reporta son attention sur l'étendue d'eau qui s'étalait devant elle. Son cerveau bouillonnait de questions. Et si cette histoire de stage linguistique n'était qu'un prétexte... Une sorte de couverture ? Oui, mais pour cacher quoi ? Pour quelle autre raison le prince Jalal serait-il venu dans ce coin perdu de l'Ontario, au milieu de nulle part ?

3.

Jalal se dirigea vers l'arrière du bateau. Il embrassa le paysage du regard comme ils pénétraient sur un autre lac. Levant les bras au ciel, il s'écria avec enthousiasme :

— C'est magnifique ! Toute cette eau !

Puis il ferma les yeux et inspira profondément.

— Sentez un peu la pureté, la fraîcheur de l'eau ! Elle n'est pas iodée, n'est-ce pas ?

Un coup de Klaxon sonore les fit sursauter et Clio se retourna brusquement pour découvrir qu'elle avait emprunté la même trajectoire qu'un autre bateau. Elle adressa un petit signe d'excuse au plaisancier courroucé après avoir braqué le volant d'un geste sec. Jalal vacilla légèrement.

— Cessez de me distraire quand je suis aux commandes, nom d'un chien ! s'écria-t-elle, furieuse contre elle-même.

Cet homme possédait un charisme phénoménal... Mais elle finirait bien par s'y habituer et par ne plus se laisser troubler !

— Non, en effet, l'eau de ces lacs n'est pas salée, reprit-elle, une fois le danger passé. Tous les lacs canadiens sont des lacs d'eau douce.

— *Barakallah !* Quel miracle ! Et c'est cette eau que vous buvez, n'est-ce pas ?

— Oui, absolument.

23

Elle esquissa un sourire devant son air béat avant de se ressaisir.

— Pour le moment en tout cas. La pollution finira peut-être par gagner nos lacs, comme tout le reste, hélas.

Son ton maussade ne parvint pas à ternir l'enthousiasme de Jalal.

— Il faut tout faire pour empêcher pareil désastre, décréta-t-il avec véhémence. Un tel don de la nature n'a pas le droit d'être abîmé.

— C'est aussi mon avis, acquiesça Clio.

— Mais alors, pourquoi la pollution menace-t-elle malgré tout cette région ?

— Parce qu'il est plus économique de se débarrasser des déchets que de les recycler.

Le prince Jalal hocha la tête. Etait-ce le sang de sa grand-mère qui le poussait irrésistiblement à aimer cette région ?

— La mère de ma mère a grandi dans un pays de lacs et de forêts, murmura-t-il d'un ton absent, comme pour lui-même.

— Vraiment ? Comment est-elle devenue l'épouse d'un bandit du désert ?

— Elle a été enlevée par mon grand-père Selim, lors d'une traversée du désert. C'est là qu'elle a passé le restant de sa vie, sans jamais pour autant oublier les lacs et les montagnes qu'elle aimait tant.

De cette union était née une fille, sa mère. Née dans le désert, Nusaybah avait écouté avec intérêt sa mère lui parler de son cher pays. Plus tard, elle avait transmis ces histoires à son propre fils, à qui elle avait confié également que sa grand-mère était une princesse dans son pays.

Plus tard, des recherches généalogiques avaient prouvé que la mère du prince Rafi, la princesse Nargis, était la fille d'un prince dont la sœur avait été enlevée et dont personne n'avait plus jamais entendu parler.

Des siècles durant, la famille avait passé l'été dans les montagnes, confirmant les dires de la grand-mère de Jalal. Elle coulait donc dans ses veines, cette passion pour les lacs et les forêts, bien qu'il n'eût encore jamais ressenti son intensité jusqu'à ce jour.

Clio fronça les sourcils.

— Elle est restée toute sa vie dans le désert ? Personne n'a jamais retrouvé sa trace ?

Jalal secoua la tête.

— Personne ne s'en est vraiment préoccupé. Elle n'a pas eu d'autre choix que d'épouser son ravisseur. A l'époque, une femme qu'on enlevait perdait aussitôt son honneur.

Elle lui lança un regard par-dessus son épaule.

— Et cela vous semble normal ? s'enquit-elle d'un ton incrédule.

— Je n'ai pas à juger un événement qui s'est passé il y a fort longtemps. Je suis né de cet enlèvement. Ma mère, Nusaybah, a été le fruit de cette union. Ai-je le droit de me rebeller ? *Mektoub.* C'était écrit.

— Si je comprends bien, vous avez ça en vous, cette manie d'enlever les femmes ! Pensiez-vous sincèrement que le prince Rafi et ma famille allaient eux aussi se désintéresser de Zara ?

Il secoua la tête d'un air impatient mais demeura silencieux.

— Non, bien sûr, répondit-elle à sa place. Ce n'était pas ce que vous vouliez. Vous saviez pertinemment que Rafi serait prêt à tout pour la récupérer... L'opinion internationale avait les yeux braqués sur les émirats. En revanche, vous pensiez sans doute qu'il refuserait de l'épouser après ça, mais cela ne vous aurait guère dérangé. Tant pis pour eux si leur amour en sortait brisé, du moment que vous obteniez ce que vous réclamiez !

— Ce n'est pas ainsi que j'ai raisonné, rétorqua Jalal d'un ton neutre. J'étais sûr qu'il la demanderait en mariage dès que je l'aurais libérée.

Suffoquant de rage, Clio préféra se taire. Ses parents étaient-ils au courant de l'hérédité douteuse de Jalal? Cela aurait-il changé quelque chose, de toute façon? S'ils avaient déjà oublié ce qu'il avait fait à leur propre fille, il était clair qu'ils ne se sentiraient absolument pas concernés par le sort que son grand-père avait réservé à une princesse inconnue un demi-siècle plus tôt.

Quelques minutes plus tard, le hors-bord s'arrêta devant une grande maison en brique posée au bord d'un lac plus petit que tous ceux qu'ils avaient traversés avant d'arriver. Des collines boisées s'élevaient de l'autre côté du lac et quelques cottages se dressaient çà et là sur ses rives.

Une marina pleine de bateaux flanquait la demeure tandis qu'une jolie pancarte peinte, accrochée à l'angle de la façade, indiquait l'existence d'une boutique d'artisanat, d'une galerie d'art et d'un marchand de glaces maison.

Clio coupa le moteur et sauta agilement sur le ponton de bois. Au même instant, la porte de la maison s'ouvrit à toute volée, libérant une demi-douzaine d'enfants de tous âges, quatre chiens et deux chats. Des petites voix surexcitées s'élevèrent, des questions fusèrent, accompagnées d'aboiements sonores :

— Il est là? Est-ce que le prince est arrivé? A quoi ressemble-t-il?

A l'exception des chats qui coururent se percher dans un gros arbre feuillu pour observer tranquillement la scène, tout ce petit monde se précipita vers le ponton.

— Du calme, du calme! s'exclama Clio. Oui, il est arrivé et il n'a aucune envie de devenir sourd dès le premier jour! Tiens, Jonah, attrape ça! ajouta-t-elle en lançant l'amarre en direction d'un grand garçon qui courait vers elle.

Sur le ponton, enfants et chiens se tenaient à côté du

26

bateau, essoufflés, leurs yeux brillants d'excitation rivés sur Jalal.

— C'est lui, n'est-ce pas ? C'est le prince ?

Dans le brouhaha, Jalal captait quelques phrases mais la plupart de ce qui se disait lui échappait, comme chaque fois que trop de gens parlaient anglais en même temps.

— Mais il a pas de cou-onne ! s'écria une toute petite fille en l'examinant d'un air désolé.

Clio et Jalal échangèrent un regard amusé.

— Il semblerait que les autochtones soient pleins de vitalité, fit-il observer.

Clio ne put s'empêcher de pouffer.

— Cela fait tellement longtemps qu'ils attendent ce moment ! Allez, ouste, tout le monde ! ajouta-t-elle à l'adresse du comité d'accueil. Le prince Jalal aimerait beaucoup grimper sur le ponton sans avoir à se mouiller...

Comme pour se moquer d'elle, l'un des chiens sauta dans le lac, éclaboussant tout le monde au passage. Jalal se décida à quitter le bateau pour affronter ses jeunes hôtes.

— Etes-vous le prince Jalal ?

— Etes-vous un vrai prince ?

— Où est votre cou...

— Stop ! intervint Clio. Ne vous ai-je pas déjà demandé de vous calmer ?

Après avoir obtenu un silence approximatif, elle entreprit d'énoncer leurs prénoms :

— Rosalie, Benjamin, Sandor, Alissa, Jonah, Jeremiah, Arwen et Donnelly, je vous présente à tous le prince Jalal.

— Bienvenue au Canada, Votre Altesse, s'écrièrent en chœur plusieurs voix.

Puis, sous le regard éberlué de Jalal, tous s'inclinèrent respectueusement devant lui. La première surprise passée, il partit d'un gros éclat de rire. La stupeur se peignit sur les petits minois.

— Merci ! dit-il lorsqu'il eut recouvré son sérieux. Je suis très heureux d'être parmi vous. Mais pour être franc, je ne suis habitué ni aux révérences ni à ce qu'on m'appelle Votre Altesse !

— C'est Clio qui nous a dit qu'on devait s'incliner devant les princes.

— Clio nous a dit qu'il fallait vous appeler comme ça.

Il lui glissa un regard mi-moqueur, mi-réprobateur qu'elle soutint sans ciller avant de nouer l'amarre à l'anneau.

— Clio ne savait pas. Elle pensait peut-être que j'étais très à cheval sur les règles de politesse, ajouta-t-il d'un ton espiègle.

La jeune femme serra les dents. Ainsi, il ne la prenait pas au sérieux... Eh bien, il ne perdait rien pour attendre !

— Comment doit-on vous appeler, alors ?

— Pourquoi pas... Jalal ? C'est mon prénom et je me sentirais comme chez moi si vous acceptiez de vous adresser à moi ainsi. C'est ainsi que m'appellent tous mes amis. Voulez-vous être mes amis ?

— Bien sûr !

— Chouette !

— Oui, super !

— Ze suis ton amie, Zalal, déclara Donnelly en plaçant sa menotte dans la grande main du prince.

Le sourire qu'il décocha à la fillette aurait fait fondre Clio si elle n'y avait pas pris garde.

— Ne doit-on pas s'incliner devant les princes ? insista Arwen.

— Si, bien sûr, répondit Jalal avant de lever son index d'un air docte, à moins d'avoir reçu une dispense spéciale. Et comme nous allons être amis, je vous donne volontiers cette dispense.

— Mais tu es un vrai prince, hein, dis ? reprit la petite fille couronnée de boucles soyeuses.

Jalal s'accroupit devant elle.

— Mon père était le fils d'un roi. La mère de ma mère était une princesse. Est-ce que cela fait de moi un prince, à ton avis ?

Elle le dévisagea de ses grands yeux perplexes.

— O-oui, murmura-t-elle avant de lever un regard interrogateur vers le puits de savoir, le grand Benjamin, âgé de dix-sept ans.

— Bien sûr que c'est un prince, Donnelly, son père en était un lui aussi, c'est comme ça qu'on est prince, la rassura Ben avec assurance.

— Mais t'as pas de cou-onne, persista la fillette.

Jalal leva le bras et elle se blottit contre lui comme un chaton en mal d'affection.

— J'ai une couronne, la couronne de mon père, mais les princes ne nagent pas avec leur couronne...

— Ah bon ? murmura Donnelly, visiblement déçue.

— Eh bien, non, dit Jalal dans un sourire.

Tous les enfants s'étaient tus et l'écoutaient, fascinés.

— Est-ce que tu mets ton maillot de bain pour aller à l'école ? reprit-il.

Donnelly, qui n'allait pas à l'école, secoua la tête d'un air solennel.

— Eh bien, les princes, eux, ne portent leur couronne que lorsqu'ils sont dans leur palais. Et comme il n'y a pas de palais ici, j'ai laissé ma couronne chez moi.

— Oooh.

— Un jour, j'espère, tu viendras chez moi et je te montrerai ma couronne.

— Super ! Je pourrai venir, moi aussi ?

— Vous habitez dans un palais ?

— Je veux y aller aussi !

— Est-ce que vous habitez dans le désert ?

— Est-ce que c'est une grande tente ou un vrai palais ?

— Avez-vous des chameaux, Jalal ?

— Comment vit-on dans le désert ?

— Est-ce vrai que vous étiez un vrai bandit avant de devenir prince ?

Les deux aînés s'emparèrent des sacs de leur hôte et, sans cesser de parler, le petit groupe l'escorta jusqu'à la maison avant de l'entraîner dans la cuisine. Toujours sur le ponton, Clio suivit des yeux leur progression.

Elle aurait dû se douter qu'un homme capable de rallier tant de fidèles à sa cause subjuguerait instantanément tous les membres de sa famille, du plus petit au plus grand...

Hélas, elle ne pouvait pas y faire grand-chose.

Pas pour le moment, en tout cas.

4.

— Oncle Brandon a déposé les garçons et il est reparti aussitôt. Il m'a dit qu'il n'était pas nécessaire de lui garder à manger, annonça Rosalie lorsque Clio franchit le seuil de la cuisine, quelques minutes plus tard.

La jeune femme réprima une grimace. Elle aurait préféré que son père soit là pour accueillir Jalal.

— Tu as préparé le déjeuner, déjà ? s'étonna-t-elle en humant l'air chargé de délicieux effluves. Félicitations, Rosalie.

Chaque fois que sa mère s'absentait pour reconstituer son stock de peintures, objets et sculptures auprès des artistes qu'elle exposait dans sa galerie, Clio avait pour mission de gérer la vie quotidienne et domestique de la famille. Cette année Rosalie, qui était arrivée en pleurs peu après Noël en décrétant qu'elle détestait sa belle-mère, lui apportait une aide précieuse en l'absence de Romany, partie rendre visite à Zara et Rafi.

— Que nous as-tu préparé ?

Les deux cousines discutèrent du menu. De son côté, Jalal était assis au milieu des enfants. Tous avaient quelque chose à lui montrer, une question à lui poser...

— Vous devez choisir un insigne, l'informa gravement Sandor, faisant allusion aux rituels de la maison que lui-même avait appris un mois plus tôt, en intégrant la famille. C'est pour la feuille de service.

Ils avaient étalé les insignes disponibles sur la table et Jalal les examinait avec attention, légèrement désemparé.

— O.K. tout le monde, il faut mettre la table maintenant ! annonça Clio avant d'ajouter à l'adresse de Jalal, ironique : désolée, mais votre fan club doit se mettre au travail.

Jalal hocha la tête, impassible.

— Il doit d'abord choisir un insigne ! protesta un enfant avec une telle véhémence que Clio préféra s'incliner.

— Que représente l'insigne de Clio ? s'enquit Jalal en considérant les petits carrés de plastique frappés chacun d'une image.

Durant son séjour, ce badge le représenterait sur l'emploi du temps accroché au mur.

— Clio, c'est le petit chaton, répondit Donnelly en articulant soigneusement. Moi, ze suis le papillon.

— Parfait. Je choisis celui-ci, déclara alors Jalal en posant le doigt sur un badge avant de l'amener vers lui.

— Le tigre ! s'écrièrent les enfants en chœur.

— C'est un tig très sauvaze, l'informa Donnelly en hochant gravement la tête.

Malgré ses efforts, Clio ne put s'empêcher de croiser le regard de leur invité. Il l'étudiait avec attention et un message silencieux passa entre eux. Quelque chose qui la troubla profondément.

— Très bien, ça y est, il a choisi son insigne ! Maintenant, occupons-nous de la table ! lança-t-elle aux enfants qui se chargèrent d'accomplir la besogne qu'on leur avait assignée.

— Et moi, intervint Jalal, que suis-je censé faire ?

Secrètement, Clio avait espéré qu'il ne lèverait pas le petit doigt, se contentant de mettre les pieds sous la table une fois que tout serait prêt. Elle s'était réjouie à l'avance de pouvoir lui annoncer qu'ici, tout le monde

32

y mettait du sien, homme ou femme, bandit ou prince nouvellement promu. Elle glissa une œillade furtive dans sa direction et sut qu'il avait tout deviné de ses pensées. Sous son regard teinté d'ironie, elle sentit ses joues s'empourprer.

— Tu peux m'aider, Zalal, répondit une petite voix enamourée. Ze dois plier les serviettes.

Un des garçons émit un grognement moqueur.

— Enfin, Donnelly, comment peux-tu demander à un prince de plier les serviettes ?

Mais Jalal protesta d'un geste de la main.

— Il n'y a pas de sot métier, déclara-t-il avec sagesse.

Et le hochement de tête approbateur de Ben attisa la rancœur de Clio. Jalal se tourna alors vers Donnelly, un sourire charmeur aux lèvres.

— Je serai ravi de t'aider. Peux-tu me montrer comment il faut faire pour les plier correctement ?

Etant la plus jeune de la bande, Donnelly avait rarement l'occasion de transmettre son savoir à quelqu'un. En entendant les paroles de Jalal, elle se redressa avec fierté, l'air radieux.

— Ce qui est très important, c'est de les plier bord à bord, expliqua-t-elle d'un ton docte.

Quelques minutes plus tard, ils s'attablèrent dans un joyeux brouhaha. Mais lorsqu'un des enfants se tourna vers Jalal en lui demandant : « Est-ce que c'est vrai, Jalal ? » et que le prince répondit calmement : « Excusez-moi, je n'ai pas bien compris. Quand tout le monde parle en même temps, j'ai beaucoup de mal à suivre ce qui se dit », un silence empli de respect s'abattit dans la pièce.

Après ça, on entendit souvent : « Chut, Jalal ne va pas pouvoir suivre ! » lorsque quelqu'un coupait la parole à celui qui était en train de parler.

Une fois le repas terminé, chacun entreprit de mettre

son couvert dans le lave-vaisselle et Donnelly expliqua la tâche à Jalal qui s'y plia avec le plus grand naturel.

Lorsqu'il eut fini, il gratifia Clio d'une autre œillade amusée.

— Très bien, vous avez gagné le premier set, murmura-t-elle à contrecœur.

— Le premier seulement ? Pour ma part, j'en ai compté trois, répliqua-t-il d'un ton doucereux. Combien en disputerons-nous avant de proclamer la victoire finale, Clio ?

La partie se poursuivit plusieurs jours durant sous couvert de rapports amicaux totalement artificiels. Pendant deux journées consécutives, Brandon entreprit d'enseigner à Jalal les règles de base concernant le fonctionnement de la marina et le surlendemain, Jalal et Ben commencèrent à créosoter le ponton principal tandis que Jeremiah et Brandon partaient travailler dans l'un des cottages, emportant leur repas avec eux. Au lycée, les cours étaient terminés et les trois semaines à venir seraient entièrement consacrées aux examens de fin d'année. Mais les plus jeunes, eux, allaient encore à l'école toute la journée.

Il faisait un temps magnifique ce jour-là et lorsqu'ils s'arrêtèrent de travailler pour déjeuner, la première couche était déjà passée.

— C'est la première fois que ça va aussi vite, fit observer Ben. On peut dire que vous savez manier le pinceau !

L'admiration béate qui perçait dans la voix de l'adolescent provoqua l'irritation de Clio.

— Disons que j'ai eu l'occasion de m'entraîner souvent, répondit Jalal.

— C'est vous qui peignez tous les murs du palais, c'est ça ? ne put s'empêcher de lancer la jeune femme.

Jalal la dévisagea longuement, comme s'il était las de ses piques incessantes.

— Nous devons encore attendre une heure avant de pouvoir passer la deuxième couche, reprit Ben. Voulez-vous que nous sortions sur le lac pour découvrir un peu les alentours ?

— Merci, Ben, remettons ça à un autre jour, d'accord ? Dans l'immédiat, j'aimerais beaucoup avoir une petite discussion avec ta sœur.

A ces mots, Clio réprima à grand-peine la vague de panique qui lui étreignit la poitrine. Quelques minutes plus tard, ils étaient tous les deux seuls dans la grande cuisine au décor chaleureux. Tendue comme une arbalète, Clio entreprit d'accomplir quelques tâches domestiques pour se donner une contenance.

— Vous ne m'aimez guère, Clio, commença Jalal. Pourquoi une telle hostilité ?

Prise de court par sa franchise, elle secoua la tête avant de se baisser vers le lave-vaisselle pour y verser de la poudre de lavage.

Il la saisit par le bras, l'obligeant à se redresser, et ce simple contact la fit trembler de tout son corps.

— Répondez-moi, Clio, ordonna-t-il d'une voix sourde. Je veux savoir pourquoi vous êtes la seule à ne pas vouloir devenir mon amie.

Elle s'arracha à son étreinte d'un geste beaucoup trop brusque et chancela légèrement.

— Je vous l'ai déjà dit au mariage de ma sœur. Nous ne serons jamais amis.

— Pourquoi ?

Elle ne répondit pas.

— Zara m'a pardonné, vos parents aussi. Pourquoi n'en faites-vous pas autant ?

Elle lui tourna délibérément le dos, ferma le lave-vaisselle et le mit en marche. Il resta silencieux quelques instants et sa seule proximité lui arracha un long frisson. Cet homme représentait une menace réelle, elle l'avait toujours su. Si seulement il n'était pas venu !

— Regardez-moi, Clio.

Sa voix était enjôleuse, presque hypnotique, bien qu'il ne semblât pas se servir à dessein de ses intonations suaves. Presque malgré elle, elle lui fit face. Il était tout près d'elle et son cœur fit un bond dans sa poitrine.

— Pensez-vous sincèrement que la princesse Zara m'aurait invité à venir passer l'été ici, dans sa propre famille, si elle avait subi des mauvais traitements lors de son enlèvement ? demanda-t-il à brûle-pourpoint.

Clio secoua la tête, en pleine confusion.

— Il arrive parfois que les femmes se sentent coupables des mauvais traitements qu'on leur fait subir, répondit-elle d'une voix mal assurée, ou bien qu'elles les refoulent tout au fond de leur inconscient pour ne pas avoir à vivre avec ! C'est peut-être ce qui s'est passé en ce qui concerne Zara, ajouta-t-elle avec davantage de fermeté.

Il ne répondit pas tout de suite, préférant l'observer avec une intensité troublante.

— C'est ce que vous croyez, Clio ? Vraiment ?

— Si vous étiez un tant soit peu psychologue, vous ne me poseriez pas cette question.

— Et vous, Clio ? Vous est-il arrivé de refouler un épisode douloureux de votre existence ? Est-ce que quelqu'un vous a blessée ? Vous est-il plus facile d'imaginer que j'ai fait souffrir votre sœur que d'accepter votre propre traumatisme ? répliqua Jalal, prouvant du même coup ses talents de fin psychologue.

Etouffant un petit cri de rage et de frustration, Clio serra les poings.

— Il ne m'est jamais rien arrivé de la sorte ! explosa-t-elle, en proie à une violente envie de le gifler. Mettons les choses au point une fois pour toutes, Jalal :

quoi qu'il se soit passé dans votre campement, nous sommes ennemis, et vos agissements sont bel et bien responsables de cet état de fait !

Jalal hocha lentement la tête.

— Nous ne sommes pas ennemis, Clio. Il n'y a aucune hostilité entre nous, croyez-moi, déclara-t-il d'une voix suave.

5.

Clio ouvrit la bouche tandis que de violents frissons la parcouraient.

— Vous vous servez de votre sœur pour échapper à vos peurs. C'est aussi simple que ça, n'est-ce pas ?

Il fit un pas en avant et elle recula contre le plan de travail.

— Je n'ai pas peur ! protesta-t-elle avec véhémence.

— Tant mieux, murmura-t-il et lorsqu'elle leva la main pour protester de nouveau, les doigts de Jalal se refermèrent sur son poignet.

Une vague de sensations intenses, infiniment troublantes, la submergea. Comme dans un brouillard, elle vit Jalal se pencher vers elle, et comprit qu'il allait l'embrasser.

Elle ne devait pas le laisser faire... Mais le cri qu'elle aurait voulu pousser restait bloqué au fond de sa gorge et malgré la volonté qui l'animait, elle semblait incapable d'émettre le moindre son.

— Avez-vous l'habitude de toujours satisfaire vos envies sans demander l'autorisation ? articula-t-elle finalement.

— En ce moment, j'ai très envie de vous embrasser, murmura-t-il, les lèvres à quelques millimètres des siennes. Dans ce pays, un homme doit-il demander l'autorisation avant d'embrasser une femme ?

Elle déglutit péniblement.

— Oui.

Sa bouche était sèche, sèche comme le désert dont Jalal était issu, ce pays où les rapports hommes-femmes étaient tellement différents. Elle voulait le repousser, retrouver son espace vital, mais une étrange torpeur l'empêchait de passer à l'action.

— Alors c'est que les gens d'ici ne comprennent rien.

Il l'attira tout contre lui et elle sentit la brûlure de son bras sur son dos, la puissance de sa main sur sa taille. Son souffle lui caressait la joue tandis que son regard noir la mettait au défi de lui résister.

Il effleura délicatement la peau dénudée par sa courte brassière et son short taille basse. Tout le corps de Clio frémit de plaisir tandis que sa poitrine palpitait sous la fine étoffe.

Tout à coup cependant, une bouffée de colère l'assaillit. Une colère dirigée contre elle-même, elle qui s'était juré que cet homme serait son ennemi pour toujours et à jamais !

— Comment font les hommes du désert ? lança-t-elle d'un ton cynique. Est-ce qu'ils s'emparent de tout ce qui les intéresse, comme ça ? Oui, bien sûr, ça coule de source... vous l'avez d'ailleurs démontré en...

— Dans le désert, nous nous assurons d'abord que la femme que nous désirons brûle d'envie d'être embrassée ; alors seulement nous l'embrassons. Sans lui demander son avis.

L'arrogance de ses propos attisa la fureur de Clio. Au prix d'un effort surhumain, elle ravala les injures qu'elle avait tant envie de lui jeter au visage. Quel épouvantable macho !

La main gauche de Jalal remontait lentement le long de son dos. De l'autre, il effleura sa gorge et suivit avec son pouce le contour délicat de son menton.

Les lèvres de la jeune femme s'entrouvrirent... Elle

40

n'avait pourtant aucune envie que Jalal l'embrasse ! Malgré elle, elle leva la tête et chercha son regard.

Ce qu'elle vit dans ses yeux sombres la fit tressaillir. Il y avait là du désir brut, intense, avide. Le cœur de Clio s'emballa.

— Dans ce cas, vous ne m'embrasserez jamais, murmura-t-elle d'une voix à peine audible.

Les mains de Jalal s'immobilisèrent. La chaleur était insupportable. Comme une brûlure.

— Seriez-vous en train de me provoquer, Clio ? Quand une femme met un homme au défi, elle doit se montrer très prudente. Car il peut très bien décider de relever le défi.

Pour une raison inexplicable, elle se sentit tout à coup très faible, au bord du vertige. Si seulement il pouvait s'éloigner un peu afin de la laisser reprendre son souffle...

— Evidemment. J'aurais dû me douter qu'un « non » signifierait tout de suite un défi, pour vous, riposta-t-elle pourtant, par esprit de bravade.

Une légère pression du pouce de son compagnon l'obligea à relever le menton et elle se retrouva à quelques millimètres de sa bouche pleine et volontaire. Les battements de son cœur s'accélérèrent encore. Un sourire énigmatique flotta sur les lèvres de Jalal.

— Mais je ne vous ai pas entendue dire « non », Clio. Cela m'aurait-il échappé ?

Bip-bip. Bip-bip.

La sonnerie stridente les fit sursauter. Sourcils froncés, Jalal promena autour de lui un regard intrigué pendant que Clio s'efforçait de recouvrer ses esprits.

— Est-ce une alerte au feu ? s'enquit-il.

Clio identifia enfin la sonnerie.

— Mon Dieu, non, c'est l'alarme antivol ! s'écriat-elle en se précipitant vers les écrans de contrôle qui s'alignaient au-dessus du bureau de son père.

Une douzaine de lumières étaient allumées ; une seule

clignotait avec insistance. Elle se pencha pour lire l'étiquette qui lui correspondait.

— Solitaire ! Ça ne peut pas être papa, il n'avait pas prévu d'aller là-bas aujourd'hui.

Sous le regard perplexe de Jalal, elle ouvrit un petit placard, s'empara d'un trousseau de clés et courut jusqu'à la porte de la cuisine.

— Ben !

Jalal la suivit lorsqu'elle dévala les marches en direction du ponton. Quand elle atteignit le bateau, il était juste derrière elle. Avec des gestes rapides, elle dénoua l'amarre. Jalal se pencha vers l'avant afin que Clio puisse sauter à bord. Sans perdre un instant, elle alluma le moteur. Au même moment, Rosalie et Donnelly firent leur apparition sur la plage et se dirigèrent vers eux en courant.

— L'alarme de Solitaire vient de se déclencher ! C'est sans doute un raton laveur ! s'écria Clio à leur adresse pendant que Jalal sautait à bord avec plus de grâce et d'assurance que lors de sa première tentative.

Clio manœuvra l'embarcation et, en passant devant le petit groupe, reprit d'une voix forte :

— Allez prévenir papa ! Dites-lui que je suis partie voir ce qui se passait. Je l'appellerai en cas de problème.

Rosalie tenait Donnelly par la main et toutes deux hochèrent vigoureusement la tête.

— Soyez prudents !

L'instant d'après, le petit bateau s'élançait vers le large à une vitesse impressionnante, créant dans son sillon de grosses vagues ourlées d'écume.

— Qu'appelez-vous Solitaire ? demanda Jalal en s'installant à côté de Clio.

Elle cligna des yeux et le dévisagea comme si elle le voyait pour la première fois. Dans la précipitation, elle avait à peine remarqué qu'il était là...

— C'est l'un des cottages en location, expliqua-t-elle. Il est un peu isolé des autres, d'où son nom.

Jalal savait que la famille louait de petits cottages autour des lacs. Il avait eu l'occasion d'effectuer quelques réparations dans certains d'entre eux en compagnie de Brandon.

— Votre père nous retrouve là-bas ?

Clio haussa les épaules.

— Ça dépend de l'endroit où il se trouve. Il ne se dérangera que si je l'appelle pour lui dire que c'est vraiment grave. Et puis Ben lui signalera que vous êtes avec moi.

— Quel genre d'armes possédez-vous ?

Clio fronça les sourcils.

— Vous voulez parler de vraies armes... de fusils, par exemple ? demanda-t-elle avant de secouer la tête. Nous ne possédons rien de ce genre ici. De toute façon, nous n'allons pas là-bas pour tuer qui que ce soit mais seulement pour faire fuir le raton laveur. Le but est d'arriver avant qu'il n'ait pu saccager toute la maison.

Jalal la dévisagea calmement.

— Vous êtes sûre qu'il s'agit d'un raton laveur ?

— Oui, à moins qu'un chevreuil apeuré soit entré dans le cottage par la baie vitrée. Ça s'est déjà produit, vous savez. Mais il est plus probable qu'un raton laveur se soit engouffré à l'intérieur par un carreau cassé après avoir déchiré le cadre de la moustiquaire. Solitaire est vide cette semaine.

Jalal s'efforça d'imaginer un curieux petit animal masqué de noir en train de découper soigneusement une moustiquaire...

— Et s'il ne s'agissait pas d'un raton laveur ?

— Eh bien ?

— Vous allez chasser des intrus dans un endroit isolé, sans savoir combien ils sont, alors que vous n'êtes même pas armée ?

Clio cligna des yeux.

— Pour couronner le tout, vous avez semblé surprise

de me découvrir à bord, poursuivit-il, implacable. Si je n'avais pas été là, vous seriez donc partie seule ?

Comment lui faire comprendre qu'elle *savait* qu'il était avec elle, même inconsciemment ? Comment lui avouer que, se sentant en sécurité auprès de lui, elle n'avait pas pris le temps de réfléchir ?

— Pourquoi pas ? rétorqua-t-elle, bien résolue à lui cacher la vérité.

Il était furieux, cela se lisait sur son visage.

— Je suis sûre qu'il s'agit d'un raton laveur, reprit-elle plus fermement. Il faut se dépêcher d'arriver avant qu'il ne saccage la maison. La plupart du temps, ces petites bêtes sont pires que des cambrioleurs.

Jalal secoua la tête, visiblement sceptique.

— Avez-vous peur ? Ne vous inquiétez pas, dans la région, les gens se contentent généralement de voler sans commettre d'agressions physiques.

— Vous est-il souvent arrivé de déranger des cambrioleurs en plein travail ? s'enquit-il, sardonique.

Clio ne répondit pas tout de suite, soudain consciente d'avoir agi trop rapidement. Mais n'était-ce pas un peu la faute de Jalal ? Elle aurait certainement pris le temps de réfléchir si elle ne s'était pas trouvée dans un état second. D'un autre côté, il avait raison : et s'il ne s'agissait pas d'un raton laveur ? Elle contempla ses larges épaules et se détendit malgré elle.

— Je crois que papa a surpris des voleurs une fois, mais le bruit du moteur du bateau les a fait fuir avant qu'il arrive.

Sans mot dire, il regarda autour de lui.

— Où se trouvent les caisses de rangement ?

— Sous la banquette, à l'arrière.

Il se dirigea vers la poupe et Clio remarqua de nouveau avec quelle aisance il se déplaçait. Tout en muscles et en puissance, il évoluait avec la grâce et la légèreté d'un félin. Exactement comme un tigre, conclut-elle en songeant à l'insigne qu'il avait choisi... dans le seul but de l'agacer.

Sans perdre de temps, Jalal entreprit d'ouvrir les coffres de rangement. Il découvrit une pagaie qu'il attrapa d'une main pour la soupeser. Apparemment satisfait de sa découverte, il regagna l'avant du bateau et se rassit à côté de la jeune femme.

Avec lui, pas d'effort inutile. Il ne dégageait aucune inquiétude, seulement une vigilance extrême. Semblable à un chat, il attendait que sa proie soit à sa portée pour fondre sur elle avec toute l'énergie qu'il avait réussi à économiser.

Clio était persuadée qu'elle n'avait rien à craindre tant que Jalal resterait à côté d'elle, quoi qu'ils découvrent là-bas.

— Quelle est la situation géographique de Solitaire ? s'enquit-il d'un ton sérieux.

Clio la lui décrivit en détail : le cottage était bâti sur une île située au centre d'un bras de rivière étroit et peu profond. Derrière l'île, la rivière se rétrécissait pour se transformer en une crique infranchissable. Par voie maritime, il n'y avait qu'un seul accès possible et c'était celui qu'ils allaient emprunter. Un pont de bois très pittoresque s'élevait également au-dessus de l'eau, conduisant à un sentier pédestre qui parcourait plusieurs kilomètres de forêt.

Jalal hochait périodiquement la tête sans mot dire et elle comprit à son expression empreinte de gravité qu'il tentait de visualiser globalement l'endroit dans son esprit. Elle fit de son mieux pour lui décrire en détail la situation du ponton et le terrain qui entourait la maison, intimement convaincue qu'il s'inquiétait pour rien. Et pourtant, presque insidieusement, le doute commençait à s'immiscer en elle.

— Voici l'embouchure de la rivière, déclara-t-elle enfin.

Il acquiesça.

— Vous resterez à bord pendant que j'irai faire un premier repérage, annonça-t-il. Ne coupez surtout pas le contact : si les choses tournent mal, vous partirez à mon signal et irez avertir votre père ou la police. Est-ce bien compris ?

Clio se raidit.

— Vous n'êtes pas ici dans votre repère de rebelles, Jalal ! Et je ne suis en aucun cas une de vos fidèles !

— C'est exact, murmura-t-il d'un ton doucereux. Aucun de mes fidèles n'aurait agi aussi sottement. Toutefois, il faut que vous m'obéissiez. Si quelqu'un décidait de vous enlever, je serais pieds et poings liés. Et je serais bien forcé de me plier aux exigences des ravisseurs s'ils vous menaçaient physiquement.

6.

La rivière avait été baptisée Aiguille Courbe à cause de sa forme originale. Un long ruban d'eau encerclait une petite île, faisant penser au chas d'une aiguille. Le cours de la rivière tournait brusquement à une extrémité de l'île comme si cette aiguille avait été tordue juste avant le chas. Au-delà, une crique s'étendait sur plusieurs centaines de mètres comme un fil d'or.

Le cottage était situé à l'autre bout de l'île et Clio savait que le bruit du moteur serait étouffé par les arbres et leur épais feuillage jusqu'à ce qu'ils aient dépassé le tournant pour s'approcher du ponton. La jeune femme réduisit la vitesse du bateau. Le chenal n'était pas balisé et des bancs de sable affleuraient à la surface de l'eau.

Amarré au ponton, un petit hors-bord clapotait doucement. Des appareils s'alignaient sur le quai. Clio distingua le poste de télévision du cottage, le magnétoscope et un autre carton fermé. Grande ouverte, la porte d'entrée de la maison était maintenue par un carton. D'autres encore s'entassaient sur le perron.

Il ne s'agissait donc pas d'un raton laveur. Elle prit soudain conscience du risque qu'elle aurait couru si elle était venue seule et jeta un regard à Jalal, tout en approchant lentement le bateau du ponton. Au même instant, un homme surgit sur le perron, un aspirateur dans les mains.

47

Jalal analysa brièvement la situation avant de prendre la parole.

— Restez dans le bateau, ne coupez pas le moteur et soyez prête à partir si je vous en donne le signal, ordonna-t-il calmement.

Sans attendre la réponse de Clio, il sauta prestement sur le ponton en prenant appui sur la pagaie qu'il avait trouvée dans le bateau.

Clio vit l'homme ralentir brusquement le pas. Au bout de quelques instants, il reprit sa progression en direction du ponton. Maigre et anguleux, avec des cheveux mi-longs châtains et sales, il devait avoir une quarantaine d'années. Il portait un vieux T-shirt gris clair et un jean noir.

— Bonjour la compagnie! Puis-je vous renseigner? appela-t-il avec désinvolture mais d'une voix trop forte.

Clio espéra en silence que Jalal avait compris le message : un ou plusieurs complices se trouvaient dans le cottage.

— Vous déménagez? s'enquit Jalal d'un air intéressé.

— Oh, j'aimerais bien, répondit l'homme avec un sourire désabusé.

De toute évidence, il n'avait pas envie de descendre sur le ponton mais il n'avait pas le choix. Il posa l'aspirateur et se redressa rapidement.

Une ombre passa fugitivement derrière la porte d'entrée.

— Malheureusement, je ne suis que le déménageur ; je travaille pour les proprios.

Jalal hocha la tête.

— Je vois. Mais vous avez dû vous tromper d'adresse. Personne ne déménage ici. Alors je vous conseille de remonter dans votre bateau et de partir d'ici au plus vite.

L'homme feignit l'indignation.

— Hé, mon pote, tu sais à qui tu parles ?

Malgré son air offusqué, Clio entendit la faiblesse percer dans sa voix et un soupir de soulagement s'échappa de ses lèvres. Celui-ci fanfaronnerait un peu avant de capituler. Déjà, il s'approchait du bateau à petits pas.

— Je sais parfaitement à qui je m'adresse et je vous répète que vous êtes en train de faire erreur. Alors prenez votre bateau et partez, vos copains et vous.

Il marqua une pause puis haussa le ton.

— Qu'attendez-vous pour sortir de là? lança-t-il en direction du cottage. Votre camarade s'apprête à partir et je vous conseille vivement d'en faire autant.

Aussitôt, une silhouette s'encadra dans l'embrasure.

— Qu'est-ce qui se passe, ici?

Clio retint son souffle. Cet homme-là ne ressemblait en rien à son acolyte. Grand et costaud, le crâne rasé, la mâchoire protubérante et l'air patibulaire, il dégageait une agressivité à l'état brut terrifiante. Il portait un débardeur blanc, un pantalon de treillis retenu par une large ceinture de cuir et des rangers aux pieds. Une série d'anneaux ornait son oreille droite.

Il descendit les marches du perron d'un pas lourd et se dirigea vers le ponton, l'air franchement menaçant. Nonchalamment appuyé sur sa pagaie, Jalal ne bougea pas. L'homme s'immobilisa à quelques mètres de lui et cracha par terre.

— Hé... un Arabe!

Il considéra brièvement Jalal avant de porter son attention sur Clio. Le regard dont il la gratifia noua l'estomac de la jeune femme.

— Et un jupon! reprit-il, les yeux soudain brillants.

Un frisson de dégoût parcourut Clio. Mais déjà, il poursuivait à l'attention de Jalal:

— C'est vraiment sympa de ta part de m'avoir apporté un dessert, Saddam! Allez, disparais de ma vue... A moins que tu préfères me servir de plat principal!

A la vitesse de l'éclair et sous le regard éberlué de Clio, Jalal saisit la pagaie des deux mains et l'enfonça dans le plexus solaire de son agresseur. Ce dernier fut propulsé en l'air, recroquevillé sur lui-même par la douleur.

— Attention, derrière vous ! hurla Clio comme le plus petit des deux hommes se précipitait vers lui.

Mais au lieu de le percuter, le voyou perdit contact avec le sol lorsque Jalal, ayant lâché la pagaie, exécuta une prise de judo foudroyante.

Le petit homme atterrit sur le torse de son complice en hurlant comme un animal blessé. Son cri de douleur fit frémir Clio. Lorsque l'autre le repoussa d'un geste impatient, elle vit avec horreur que ses mains étaient maculées de sang. Dans la bataille, le petit cambrioleur était retombé sur la lame du couteau que son comparse avait tiré de sa poche, et son torse était à présent lacéré de l'épaule jusqu'à la taille. De grosses gouttes de sang coulaient de sa blessure.

— Je suis blessé, mec, je suis blessé ! gémit-il d'une voix suraiguë.

Ignorant ses cris de douleur, le grand se releva. Il était couvert de sueur.

— T'aurais pas dû, Saddam. T'aurais pas dû me mettre en colère.

Jalal le considéra d'un air impassible.

— Ton copain a besoin de voir un médecin. Montez dans votre bateau et partez d'ici.

— Faisons ce qu'il dit, vieux, j'ai trop mal !

— Jette les clés du bateau sur le ponton, Saddam. Laisse-nous la nana, prends mon bateau, tire-toi et il n'y aura pas d'autre blessé, ordonna le colosse à l'attention de Jalal.

Ce dernier demeura silencieux. Clio ne voyait pas son visage mais de dos, il semblait parfaitement décontracté.

— Hé, l'Arabe, tu m'entends ? reprit le voyou en brandissant la lame du couteau ensanglanté.

Il dépassait Jalal de plusieurs centimètres et pesait une

50

bonne quinzaine de kilos de plus que lui. Son air menaçant en aurait effrayé plus d'un. Pourtant, Jalal ne répondit pas.

— Je ne lui ferai pas de mal, si c'est ça qui t'inquiète... Je serai aux petits soins pour elle, t'en fais pas. Alors que toi, je risque de te faire très mal si tu ne...

Comme s'il esquissait un pas de danse, Jalal se déplaça sur le côté et lança la jambe droite en l'air. Son pied percuta la main du colosse, qui lâcha le couteau. Il laissa échapper une longue plainte rauque et Clio remarqua avec stupeur que son avant-bras formait à présent un angle curieux. Soutenant le membre fracturé de son autre main, il trébucha en avant, grimaçant de douleur. Jalal l'attrapa par l'épaule et, sans ménagement, le poussa vers le bateau, dans lequel il atterrit avec un vacarme assourdissant.

Un cri s'échappa de nouveau de ses lèvres, suivi d'un chapelet de jurons.

— Mon épaule ! Mon bras !

Jalal se retourna alors vers l'autre voleur, qui se relevait avec peine en se tenant le torse à deux mains. Ses yeux s'agrandirent d'effroi lorsqu'il croisa le regard de Jalal.

— Je suis blessé, vieux ! Me frappe pas !

— Grimpe dans ce bateau et filez vite d'ici, intima Jalal d'un ton sans réplique.

L'homme s'exécuta en silence tandis que son comparse continuait à crier de douleur. Avec des gestes tremblants, il parvint à faire démarrer le bateau.

— La corde... Défais la corde, tu veux ? lança-t-il à l'adresse de Jalal.

Ce dernier s'empara du couteau et d'un geste brusque, la trancha net.

Avec un juron qui trahit sa peur, l'autre tira à lui ce qu'il restait de l'amarre et dirigea maladroitement le bateau vers l'embouchure de la rivière. Clio coupa le moteur et ils écoutèrent le vrombissement décroître peu à peu.

Le silence retomba enfin autour d'eux, un silence ponctué par le bruissement des feuilles balayées par le vent et le pépiement joyeux des oiseaux. L'eau clapotait doucement contre la coque du bateau.

— Devrions-nous les suivre afin de nous assurer qu'ils sont bien partis ? demanda-t-elle.

Jalal secoua la tête.

— C'est inutile.

Comme le bateau dérivait lentement, elle remit le contact pour s'approcher du ponton et lança un cordage à Jalal, qui l'attacha à la borne d'amarrage. Presque inconsciemment, elle accepta la main qu'il lui tendait pour l'aider à monter sur le ponton.

Au contact de sa peau vivante et chaude, elle se mit à trembler violemment.

— Tout va bien, Jalal ? Vous n'êtes pas blessé ? demanda-t-elle dans un murmure.

— Non. Je n'ai rien.

— Oh, merci, mon Dieu ! Quand j'ai aperçu le couteau...

Sans mot dire, Jalal l'attira dans ses bras et une vague d'émotions la submergea.

— Jalal ! Oh, Jalal...

Elle leva son visage vers le sien pour s'assurer qu'il était bien réel, bien présent auprès d'elle.

Un léger sourire empreint d'une infinie tendresse étira ses lèvres juste avant qu'il ne réclame les siennes dans un baiser plein de douceur. Ce ne fut qu'à cet instant qu'elle se souvint. N'avait-elle pas juré, à peine une heure plus tôt, qu'elle n'accepterait jamais de l'embrasser ? Mais tout ceci n'avait plus d'importance. Une bouffée de soulagement s'empara d'elle au contact de sa bouche et elle noua ses bras autour de lui, priant pour que son baiser se fît plus ardent, plus intense...

Tout à coup, comme si cette étreinte avait suffi à libérer toute la tension qui l'habitait, elle se remit à trembler de tout son corps. Elle se remémora le regard que l'horrible colosse avait posé sur elle. Et lorsque Jalal mit un terme à leur baiser, elle s'écarta légèrement, paupières toujours closes.

— Oh, Jalal, heureusement que vous étiez là! Mon Dieu, et si j'étais venue seule?

— *Alhamdolillah,* vous n'étiez pas seule. J'étais auprès de vous.

Comme les tremblements refusaient de s'apaiser, il la prit par les épaules et l'entraîna vers un banc.

— Asseyez-vous, ordonna-t-il gentiment.

Elle obéit et il la gratifia d'un sourire amusé.

— Vous n'êtes décidément plus vous-même pour m'obéir comme ça, sans discuter!

Elle esquissa un pâle sourire malgré la sensation de nausée qui la tenaillait.

— Je ne peux pas m'arrêter de trembler! gémit-elle.

Jalal s'assit à côté d'elle et la serra dans ses bras. Elle sentit des larmes brûlantes lui picoter les yeux et, à sa grande surprise, ne chercha pas à les retenir. Jamais elle n'aurait cru pouvoir trahir une telle faiblesse devant lui.

Il l'étreignit tendrement pendant qu'elle évacuait toute la tension, la peur et l'angoisse qui la tenaillaient. Et peut-être autre chose encore, une émotion qu'elle refusait d'analyser.

— Merci, murmura-t-elle entre deux sanglots. Je suis désolée, c'est plus fort que moi.

Il se contenta de la serrer plus fort contre son torse. Au bout de quelques minutes, elle demanda dans un sourire tremblant:

— Auriez-vous un mouchoir, par hasard?

Jalal la libéra pour fouiller dans les poches de son pantalon. L'instant d'après, il lui tendit un paquet de mouchoirs en papier.

— Vous vous sentez mieux à présent ?

— Beaucoup mieux, merci, affirma-t-elle en s'essuyant les yeux. Dire qu'il aurait pu vous tuer...

Un sourire joua sur les lèvres de son compagnon.

— Certainement pas.

— Oh, mon Dieu, il était vraiment horrible !

Le visage de Jalal s'assombrit mais il ne répondit pas.

— Nous devrions appeler la police pour leur raconter ce qui s'est passé. Ils pourront les cueillir sur le lac principal, ajouta-t-elle.

— Excellente idée. Avertissez-les pendant que j'inspecte les environs. Et surtout, ne vous éloignez pas du bateau tant que je ne vous aurai pas appelée.

Il se leva et monta vers le cottage. Clio retourna dans le bateau. Après avoir alerté la police, elle chercha à contacter sa famille. Lorsque Ben répondit, elle lui raconta ce qui s'était passé et le garda en ligne jusqu'à ce que Jalal réapparaisse et lui fasse signe que tout allait bien.

— Très bien, Ben, je te rappellerai lorsque nous repartirons, déclara-t-elle avant de mettre la radio sur veille.

D'un pas rapide, elle rejoignit Jalal sur le ponton.

— Alors, y a-t-il beaucoup de dégâts ?

— Heureusement, non. Ils n'ont pas commis d'acte de vandalisme délibéré, répondit Jalal.

Clio laissa échapper un soupir de soulagement. D'un accord tacite, ils se mirent au travail, transportant les appareils volés à l'intérieur du cottage, rétablissant les branchements. Ils évoluaient en silence, dans une parfaite harmonie, anticipant chacun les gestes et les besoins de l'autre.

De retour à la maison, ils racontèrent leur aventure autour d'un bon dîner, devant un auditoire totalement captivé. Brandon avait mangé rapidement pour se rendre au plus vite à Solitaire en compagnie de Jonah afin d'y effectuer les réparations nécessaires. Tous les autres enfants restèrent à table.

La police avait inspecté les lieux, relevant les empreintes digitales et emportant le couteau ensanglanté. Pour la nuit, Brandon barricaderait la maison avec de lourdes planches et une nouvelle porte d'entrée serait installée dès le lendemain, l'autre ayant été forcée.

Les enfants trouvèrent leur aventure trépidante. La partie qui les passionna le plus fut bien entendu le récit de « la prise magique » de Jalal, comme ils se plurent à baptiser la fameuse prise de judo.

— Avez-vous suivi des cours de self-defence, Jalal ? voulut savoir Ben.

En l'espace de quelques jours, Jalal était devenu pour l'adolescent une sorte de héros, observa Clio. Elle aurait voulu tempérer un peu son admiration démesurée mais s'en sentait incapable. Après tout, le prince l'avait sauvée d'une situation épineuse en décidant de l'accompagner à Solitaire, et elle lui devait un minimum de reconnaissance.

La jeune femme se sentait tiraillée entre une foule de sentiments et d'opinions conflictuels. D'un côté, Jalal avait kidnappé sa sœur Zara et l'avait retenue en otage pendant plusieurs jours ; de l'autre, il l'avait sauvée d'une expérience si terrible qu'elle préférait ne pas y songer. Totalement contradictoires, ces deux facettes de Jalal la plongeaient dans un profond désarroi.

Lorsqu'elle reporta son attention sur la conversation qui allait toujours aussi bon train, Jalal venait d'accepter d'inculquer à Ben des rudiments d'arts martiaux, et les autres laissaient échapper des exclamations tantôt déçues, tantôt indignées. Pourquoi Ben ? Pourquoi pas eux ?

— Je peux très bien vous faire cours à tous, déclara Jalal, c'est tout à fait possible à condition que...

Il s'interrompit et brandit son index sous les regards attentifs des enfants suspendus à ses lèvres.

— ... à condition que tout le monde assiste aux cours sauf en cas d'impossibilité majeure. Si vous êtes prêts à respecter vos engagements, parfait. Mais nous devrons tous faire preuve de discipline.

Une vague de colère submergea Clio. De quel droit cet homme fraîchement intégré à la famille se permettait-il de régenter ainsi leur vie ? Et la remarque fusa sans qu'elle songe à la retenir, chargée d'hostilité et d'ironie mêlées.

— Quel dommage que Zara n'ait pas suivi ce genre de cours, elle ! Cela lui aurait évité bien des désagréments...

Jalal l'enveloppa d'un regard intense, hélas impénétrable.

— Votre sœur est une femme courageuse et pleine de ressource, mais je doute que les arts martiaux eussent pu lui être d'une quelconque utilité dans sa situation.

— Vous l'admirez beaucoup, n'est-ce pas ? Jusqu'où est allée cette admiration profonde que vous semblez lui porter ?

— Trop loin en tout cas pour que j'aie jamais envisagé de lui faire subir ce que cette brute épaisse avait l'intention de vous faire subir aujourd'hui. Me comparez-vous vraiment à lui ?

Clio ferma les yeux, en proie à une soudaine lassitude. Pourquoi le provoquait-elle encore après ce qu'il avait fait pour elle ? Un soupir s'échappa de ses lèvres. Elle se sentait trop confuse pour penser de manière cohérente.

Le visage fermé, Jalal se leva.

— Si vous doutez de moi, Clio, c'est précisément parce que vous manquez de confiance en vous-même. Tout au fond de votre cœur, vous connaissez la vérité. Vous n'êtes pas sûre de vous. Demandez-vous pourquoi.

Elle l'entendit monter l'escalier de son pas mesuré. Les enfants crièrent son nom, puis une porte se ferma doucement.

Clio resta assise un long moment tandis que les ombres enveloppaient la maison. Percevant sa détresse, un chien vint enfouir sa truffe fraîche et humide dans le creux de sa main.

Rassemblant le peu d'énergie qu'il lui restait, elle ramassa les laisses des chiens et poussa la porte de la cuisine.

Ils coururent devant elle, empruntant instinctivement le sentier qui s'enfonçait dans les collines. Un moment plus tard, elle atteignit son point de vue préféré, une petite clairière à flanc de colline qui surplombait le lac. Jappant joyeusement, les chiens se mirent à sauter et gambader dans les herbes folles. Clio s'assit sur son rocher favori, perdue dans ses pensées. Les lumières s'allumaient une à une dans la petite ville de Love's Point et les cottages tout autour du lac, comme une guirlande dorée.

Les paroles de Jalal résonnèrent alors dans son esprit confus.

Demandez-vous pourquoi. Demandez-vous pourquoi...

7.

Madeleine Donnelly et Brandon Blake s'étaient rencontrés à Love's Point dans les années 60, à l'époque où l'endroit était investi par les hippies. Ils étaient tombés amoureux au premier coup d'œil, alors que Maddy dessinait des portraits pour les touristes et que Brandon gagnait sa vie en jouant de la guitare.

Quelques années plus tard, sur une folle impulsion, ils avaient décidé de racheter Love House, une grande demeure victorienne délabrée, à moitié abandonnée, qui avait jadis attiré la vieille bourgeoisie de Toronto avant de tomber en décrépitude.

Aujourd'hui, trente ans plus tard, la maison avait recouvré toute sa splendeur et sa renommée. Les Blake, comme les Love avant eux, « possédaient la moitié du lac ». Une marina, un glacier, des cottages à louer tout autour du lac, un musée consacré à la vie des pionniers, une boutique où les artisans travaillaient selon des méthodes traditionnelles, et une galerie d'art de plus en plus réputée, spécialisée dans la vente d'art amérindien : tout cela constituait l'empire à la fois florissant et bohême de la famille Blake.

Le couple avait eu sept enfants, et avec les cousins et les amis qui affluaient dans un défilé permanent, la maison ne désemplissait jamais.

Âgée de vingt-deux ans, Clio était la troisième de la

famille. Zara et Jude avaient toutes deux quitté le cocon familial et Clio savait pertinemment que son tour arriverait prochainement. Mais elle n'avait aucune intention de partir ailleurs. Ses racines étaient là, à Love Lake et dans ses environs. Elle faisait partie de ces rares personnes qui avaient la chance d'être nées au bon endroit.

Alors que sa sœur Zara avait toujours rêvé de voyages et d'exotisme, Clio, elle, s'imaginait avec bonheur en épouse et mère de famille épanouie... comme sa mère. Sur le plan professionnel, elle ambitionnait de diriger un jour la galerie d'art aussi bien qu'elle gérait pour le moment la petite boutique de glaces. Elle adorait rencontrer ces artistes aux yeux noirs qui parlaient avec une passion contagieuse de leurs guides spirituels et de leurs sources d'inspiration.

Pour Clio, comme pour tous ces artistes, la nature regorgeait d'esprits bienfaisants. Il y avait l'Ours, le Loup, le Coyote, le Castor et bien d'autres encore.

Les lumières de la ville ne l'intéressaient pas. Tout ce qu'elle désirait se trouvait sous ses yeux, à portée de sa main.

Tout, sauf une chose.

Elle avait posé les yeux sur Peter Clifford le jour de la rentrée des classes, son premier jour au lycée, et était tombée follement amoureuse de lui dès cet instant. Peter était en terminale. Il était beau comme un dieu avec son épaisse tignasse blond foncé et ses yeux noisette pétillants de malice. Quant à son corps... il était magnifique.

Son père possédait un garage et elle avait pris l'habitude d'attraper le bus trois arrêts plus loin simplement pour passer devant la maison des Clifford. Son cœur battait plus vite lorsqu'elle apercevait Peter dans la cour ou derrière une fenêtre.

Et lorsqu'il lui adressait un petit signe de la main, elle avait l'impression de défaillir de bonheur.

Quand Peter et Zara sortirent ensemble, Clio prit la nouvelle relativement bien. Dans la famille, personne n'était au courant des sentiments qu'elle portait au jeune homme. Il sembla donc logique à Clio que sa sœur, si belle, si parfaite, devienne la petite amie du garçon le plus séduisant de la région. Et puis, elle avait toujours su, au fond d'elle, qu'elle était trop jeune et trop ordinaire pour capter l'attention de Peter.

Zara entretint avec lui une relation très prudente. Elle confia un jour à Clio qu'elle n'avait aucunement l'intention de s'attacher à un garçon sans ambition qui n'aurait qu'une seule envie : la retenir à Love Lake.

Clio avait quinze ans lorsque sa sœur adorée partit à l'université. Et là, comme par magie, son rêve le plus cher devint réalité. Deux semaines après le départ de Zara, Clio qui passait devant le garage Clifford décida brusquement de s'arrêter... et pour la première fois, Peter sembla la *voir* vraiment.

— Hé, Clio, on dirait que tu as grandi d'un coup, lança-t-il en la gratifiant d'un sourire enjôleur.

— Tu le remarques seulement ? répliqua-t-elle tandis que son cœur cognait à coups précipités dans sa poitrine.

— Tu es presque aussi belle que ta sœur, ajouta Peter et Clio, aveuglée par l'amour, prit ces paroles pour un compliment.

A partir de là, tout alla très vite. Les deux adolescents se virent plus souvent, multiplièrent les sorties, les baisers et les caresses. Mais Peter s'arrêtait toujours à temps et Clio, si jeune, si naïve, si amoureuse, voyait dans sa retenue une preuve d'amour et de profond respect.

Tout serait différent lorsque Peter fêterait ses vingt ans... et elle ses seize ans ! se répétait-elle avec allégresse.

Peter eut vingt ans en novembre. Et Clio fêta son

anniversaire le mois suivant. Le soir de ses seize ans, Peter invita Clio dans un restaurant chic d'une ville voisine, la courtisant comme l'adulte qu'elle était à présent. En croisant son regard lourd de promesses, elle sut que Peter avait pris sa décision. Le grand soir était arrivé... Peut-être même lui avait-il acheté une bague pour concrétiser leurs fiançailles ?

Lorsqu'ils eurent fini de dîner, ils se rendirent directement dans un motel. Clio trembla de désir pendant tout le trajet. Lorsqu'il referma la porte de la chambre derrière eux et l'attira dans ses bras, elle l'entendit retenir sa respiration et se laissa submerger par une nouvelle vague de désir.

Très vite, ils se retrouvèrent tous les deux l'un contre l'autre, allongés sur le lit. Paupières closes, Peter captura ses lèvres dans un baiser brûlant tandis que ses mains caressaient doucement sa jeune poitrine. Leurs cœurs et leurs corps fondaient délicieusement d'amour et de désir lorsqu'elle l'entendit.

— Zara, murmurait-il d'une voix mielleuse comme s'il savourait chaque syllabe. Zara.

— Peter ! s'écria Clio en le forçant à ouvrir les yeux. Peter, que viens-tu de dire ? demanda-t-elle avec une moue réprobatrice.

— Oh, trésor... petite chérie ! Excuse-moi, tu veux ? Mais tu t'en doutais un peu, non ?

Aussi longtemps qu'elle vivrait, jamais elle n'oublierait les battements douloureux de son cœur, l'humiliation cuisante mêlée à une espèce de torpeur résignée. Devant son air abasourdi, Peter reprit la parole.

— J'ai envie de toi, chérie... Elle m'a toujours repoussé !

Incapable de réagir, sous le choc d'une telle révélation, Clio ne chercha pas à lui résister lorsqu'il prit possession d'elle. Elle se sentit utilisée, dégradée... mais elle était consentante. Ça ne fut pas un viol, même si ce fut l'expérience la plus traumatisante de son existence.

Lorsque tout fut fini, elle donna libre cours aux larmes qui lui nouaient la gorge.

— Je croyais que c'était ce que tu voulais, lui jeta Peter, contrarié.

Et elle lui répondit d'une petite voix :

— Pas comme ça.

Mais le calvaire n'était pas fini. Pendant le trajet du retour, Peter lui avoua à quel point il aimait Zara.

— Mes sentiments pour elle égalent ce que tu éprouves pour moi, déclara-t-il simplement.

— Si tu ne désirais qu'une pâle copie de Zara, pourquoi as-tu attendu si longtemps ? voulut savoir Clio, animée par un cynisme tout neuf.

Sa naïveté le fit sourire.

— Trésor, hier encore tu n'avais que quinze ans et j'aurais pu me retrouver en prison si j'avais levé le doigt sur toi ! Ce soir, tu es devenue une adulte consentante.

Clio se redressa. La lune grimpait dans le ciel assombri et les chiens semblaient avoir trouvé quelque chose d'intéressant dans les fourrés.

Pour quelle raison était-elle toujours attirée par des hommes comme Peter ou Jalal ? Des hommes capables d'utiliser une femme sans vergogne pour parvenir à leurs fins...

Mais Jalal se trompait. Elle ne s'opposait pas à lui à cause de ce que Peter lui avait fait subir autrefois. Même si elle n'avait jamais confié à personne ce douloureux épisode, elle n'avait pas non plus cherché à le rayer de sa mémoire. Elle l'avait assimilé tant bien que mal et à présent, il faisait partie d'elle comme tant d'autres choses.

Non, si elle se méfiait de Jalal, c'était à cause des actes qu'il avait commis, *lui*. En aucun cas elle ne l'accusait des fautes de Peter ou d'un autre. Il avait en revanche les siennes à assumer, que cela lui plût ou non.

De toute façon, elle n'éprouvait aucune attirance pour Jalal... Si elle avait accepté son baiser quelques heures plus tôt, c'était uniquement parce qu'elle s'était sentie soulagée et reconnaissante. Et puis, n'était-ce pas un réflexe humain que de vouloir réaffirmer la vie après avoir frôlé la mort ?

Clio secoua la tête. Hélas, cela ne l'aida guère à démêler l'écheveau de ses pensées. La lune était déjà haute dans le ciel, les moustiques chantaient à ses oreilles, assoiffés, et on s'inquiéterait probablement de son absence à la maison. Elle se leva, siffla pour appeler les chiens et redescendit le sentier.

— *Salaam aleikum.*

La voix crépita dans son oreille et Jalal hésita, parcourant du regard le hall d'entrée plongé dans la pénombre.

— *Waleikum assalaam.*

— Tu as reconnu ma voix, je pense.

Il se détendit en entendant cette phrase qui leur servait de code.

— Quelles sont les nouvelles ?

— Une rumeur est en train de se répandre.

Il se tut, attendit.

— Une rumeur selon laquelle les princes, tes oncles, t'auraient secrètement envoyé en exil, et que ton silence serait le prix de ta vie.

Jalal demeura silencieux dans la pénombre, attentif au chuchotement des feuilles agitées par la brise.

— Cela peut être dangereux.

Un sourire joua sur ses lèvres.

— Pour quelle raison m'aurait-on exilé ?

64

Un rire grave retentit à l'autre bout du fil.

— A ton avis? On raconte que tu complotais pour prendre le pouvoir dans les émirats du Barakat.

— Je vois.

— Sois prudent. *Ma'assalaam.*

— *Ma'assalaam*, répéta Jalal avant de raccrocher sans bruit le combiné.

A peine sortis du bosquet, les chiens se précipitèrent vers la véranda plongée dans le noir, remuant joyeusement la queue et poussant des petits gémissements de contentement. Clio se raidit tandis qu'une myriade de frissons électrisait sa peau. Elle savait qu'il était là.

— Papa? demanda-t-elle malgré tout en gravissant les marches du perron.

La voix de Jalal s'éleva dans l'obscurité.

— Il a emmené tout le monde en promenade sur le lac.

— Vous n'êtes pas allé avec eux?

— Comme vous le voyez.

Sa voix qui d'habitude glissait comme une caresse était coupante ce soir. Dédaignée par le clair de lune, la véranda était baignée d'obscurité. Un pied sur la dernière marche, Clio s'immobilisa soudain, en proie à une vague d'appréhension.

S'il essayait de lui faire l'amour là, maintenant, aurait-elle la force et l'envie de lui résister?

Il la regarda hésiter sur le pas de la porte, comme si elle s'apprêtait à pénétrer dans l'antre d'une bête sauvage. Le sang de Jalal ne fit qu'un tour. Pourquoi persistait-elle à le considérer comme un homme brutal et dangereux? Il détestait la violence. N'avait-elle pas compris aujourd'hui qu'il aurait mis hors d'état de nuire son plus fidèle compagnon si celui-ci avait tenté d'abuser de Zara, lorsqu'elle avait été sa prisonnière?

Après l'épisode éprouvant de Solitaire, Clio avait réclamé ses lèvres, provoqué son baiser, avide de réconfort. Ne comprenait-elle pas la vraie signification de son geste ?

Elle avait des jambes longues et leur contour fuselé était dévoilé par la fine étoffe de son *shalwar* rayé, un pantalon qui s'arrêtait juste au-dessous du genou. Les anciens tableaux de Mughal montraient les femmes du harem vêtues de tels pantalons, invitant les hommes à caresser leurs pieds délicats, couverts de bijoux, puis leurs mollets pour remonter lentement...

La mâchoire de Jalal se contracta. Elle était là, hésitante, convaincue que sa réaction était due à la peur alors qu'en réalité, c'était le désir et ses promesses de volupté qui la faisaient frémir.

— Que craignez-vous ? demanda-t-il d'un ton abrupt.

Elle sursauta, comme une biche aux aguets.

— P-pardon ?

— Je vous ai embrassée aujourd'hui, reprit-il. Est-ce pour cette raison que vous avez peur de moi ?

— Oui... non, balbutia-t-elle, pétrifiée.

Son estomac était dénudé, exactement comme dans ces tableaux érotiques d'un autre siècle. Il ne manquait qu'une pierre précieuse pour orner son nombril. Il pouvait presque sentir la texture satinée de sa peau juste sous sa poitrine ronde, tentatrice.

— Avez-vous peur d'éprouver un plaisir trop intense, Clio ?

Elle retint son souffle. Ses yeux finirent par s'habituer à la pénombre et elle distingua enfin la silhouette de Jalal. Il était assis sur le vieux canapé en rotin, les bras nonchalamment appuyés sur le dossier, les genoux écartés. Même dans l'obscurité, elle percevait la sensualité extrême de sa posture. Il dégageait une virilité extraordinaire et elle eut l'étrange impression qu'un parfum terriblement masculin l'enveloppait...

— Non, répondit-elle dans un souffle.

— La promesse d'un plaisir infini entre un homme et une femme est une chose rare, murmura-t-il. Moi aussi, cela m'effraie. C'est peut-être naturel, mais les poètes anciens affirmaient que perdre un peu de son âme pendant l'extase était une chance précieuse. Voulez-vous que nous prouvions la véracité de leurs dires, tous les deux ?

Elle vit l'ombre de son bras sortir de la pénombre et se tendre vers elle. Incapable d'émettre le moindre son, elle s'humecta les lèvres.

— Clio, reprit-il d'une voix douce, presque hypnotique, laissez-moi vous dévoiler les racines de votre peur...

Une porte s'ouvrit au loin, quelques notes de musique leur parvinrent avant d'être de nouveau avalées par la nuit. Dans les lilas, un oiseau ensommeillé pépia doucement.

Prise au piège de sa virilité, elle pouvait à peine respirer.

— Je connais bien mes peurs, murmura-t-elle d'une voix mal assurée, envahie par un froid glacial alors même qu'il faisait encore doux dehors.

— Laissez-moi vous prouver que vous n'avez rien à craindre, poursuivit Jalal, feignant de ne pas l'avoir entendue.

Un rayon de lune gourmand attrapa et caressa une boucle brune lorsqu'il bougea la tête. Elle ressentit une vive douleur... comme si on pouvait être jaloux d'un rayon de lune !

Elle secoua la tête pour mieux chasser ces drôles de pensées.

— Ce n'est pas le plaisir que je crains !

Le rotin craqua. Elle se raidit, sur le qui-vive, mais il avait seulement bougé son bras sur le dossier.

— De quoi avez-vous peur, alors ?

— Vous êtes d'une arrogance insupportable ! explosa-t-elle, préférant la colère à d'autres émotions plus troublantes.

— Embrassez-moi d'abord ; vous aurez ensuite le droit de me dire que j'ai tort, lâcha Jalal avec une pointe d'impatience dans la voix.

Comme s'il venait de la menacer physiquement, elle monta la dernière marche et traversa la véranda à grandes enjambées. Dans la cuisine, une petite lampe promettait un refuge rassurant.

Elle s'attendait que Jalal lui emboîte le pas, continue de la harceler, mais lorsqu'elle poussa la porte pour se glisser dans la cuisine, il ne bougea pas d'un pouce.

8.

Le lendemain, Maddy Blake rentra de son expédition au volant d'une fourgonnette pleine de tableaux, de sculptures, de bijoux, de perles et de vêtements en peau de daim. Tout le monde l'aida à décharger et à déballer les cartons. Des cris d'admiration et d'étonnement mêlés accompagnèrent le rangement des nouveaux articles.

— J'ai décidé de lancer une nouvelle ligne de vêtements en daim, annonça Maddy en étalant plusieurs pièces devant elle.

Les filles poussèrent des exclamations ravies.

— J'essaie ça !

— Oh, et moi ça !

— Pas de doute, c'est pour moi !

Sous le regard satisfait de Maddy, Clio, Rosalie, Arwen et même la petite Donnelly passèrent en revue les pièces de la collection avec un enthousiasme débordant.

— Regardez ça, les filles ! C'est hyper sexy, vous ne trouvez pas ? s'écria soudain Rosalie en brandissant un chapeau de cow-boy noir orné d'une plume et de magnifiques broderies en perles. Tenez, Jalal, essayez-le !

Joignant le geste à la parole, elle le lui posa sur la tête et recula d'un pas pour admirer le résultat.

— Oh, vous êtes magnifique ! s'exclama-t-elle d'une voix qui trahissait l'admiration qu'elle vouait à leur hôte.

Clio serra les dents en les considérant à tour de rôle. Et elle vit soudain un danger auquel elle n'avait pas songé. Jalal serait-il sensible à l'adoration d'une jeune fille de seize ans?

— Les touristes tomberont toutes à vos pieds, c'est sûr! continua Rosalie. Vous pourriez leur vendre n'importe quoi!

Ses paroles sonnèrent presque comme une déclaration d'amour et Clio sentit son pouls s'accélérer. Pauvre Rosalie! On était incapable de dissimuler ses sentiments à cet âge-là... Elle l'avait appris à ses dépens.

Un sourire amusé flottait sur les lèvres de Jalal tandis que toutes l'abreuvaient de compliments, soulignant qu'il ressemblait à un de ces aventuriers intrépides qui sillonnaient le Canada à l'époque des grandes conquêtes.

« C'est un homme extrêmement séduisant, reconnut Clio en son for intérieur. Séduisant, viril et encore plus macho que Peter... Splendide! Pas étonnant que Rosalie soit en train de tomber amoureuse de lui! »

Jalal ôta le chapeau et le posa en riant sur la tête de la jeune fille. Comme s'il faisait déjà partie de la famille, sauf que le regard dont il gratifia Rosalie ne ressemblait en rien à celui qu'elle aurait réservé à un frère...

Clio sentit son cœur chavirer, saisie d'une sourde angoisse. Comment réagirait Jalal si Rosalie lui avouait son amour? C'était elle, Clio, qu'il désirait. Mais se consolerait-il avec Rosalie si elle repoussait ses avances? L'histoire allait-elle se répéter sous son regard impuissant?

Le samedi suivant, le glacier, la boutique d'artisanat et la galerie d'art passèrent à leurs horaires d'été, et la saison ne tarda pas à battre son plein.

La marina vendait, réparait et louait des bateaux et du matériel de pêche. Il arrivait parfois que des touristes inexpérimentés demandent aux Blake de les emmener pêcher et Brandon se chargeait volontiers d'organiser leur sortie lorsque ses horaires le lui permettaient.

Depuis quelques années, Jude partageait cette tâche avec son père et c'était maintenant au tour de Ben de prendre la relève. Encore mineur, Ben n'avait pas le droit d'emmener des touristes en sortie et Brandon avait inculqué à Jalal les rudiments de la navigation afin qu'il puisse se charger de telles promenades.

Ben adorait participer à ces sorties de pêche et dès que l'occasion se présentait, il courait voir Clio afin qu'elle lui trouve un remplaçant pour quelques heures.

— Qui les emmène ? demanda Clio par une matinée pluvieuse de juillet comme Ben venait de lui présenter une nouvelle requête alors qu'elle s'occupait du glacier.

— Papa, je crois. Allez, Clio, ils veulent juste faire une petite balade et de toute façon, il n'y aura pas grand-chose à faire à la marina avant l'apparition du soleil. Et puis, Jalal connaît parfaitement son boulot, il n'aura même pas besoin de tes services, tu verras.

Clio était en train de réfléchir lorsque Rosalie sortit en trombe de la boutique d'artisanat.

— Clio, je veux bien y aller, moi, ça ne me dérange pas ! s'écria-t-elle d'un ton exagérément désinvolte.

Clio n'avait aucune envie de passer deux heures en compagnie de Jalal dans une marina qui tournerait au ralenti à cause du mauvais temps. Mais elle ne voulait pas encourager les fantasmes de Rosalie... Elle hésita quelques instants puis, au grand dam de sa cousine, dénoua le tablier blanc qui protégeait son T-shirt et son corsaire.

— Merci, Rosalie, mais Jalal manque encore d'expérience et toi aussi. Prends ma place ici ; Isabel s'occupera de la boutique d'artisanat. Il n'y aura pas beaucoup de monde ce matin, de toute façon. Et si quelque chose ne va pas, demande à Arwen d'aller chercher maman à la galerie, d'accord ?

Rosalie hocha la tête sans enthousiasme. Et ce fut dans le même état d'esprit que Clio suivit Ben sur la promenade de bois qui conduisait jusqu'à la marina.

Deux hommes se tenaient sur le ponton, à côté d'un des bateaux de pêche, mais c'était Jalal et non Brandon qui se trouvait à bord, occupé à charger le matériel.

Clio cligna des yeux et s'immobilisa à quelques mètres, réprimant de justesse un petit sourire étonné.

On eût dit une scène de film. Deux hommes bruns, au visage basané, vêtus d'élégants costumes bleu marine, se tenaient sur le ponton parmi les caisses de matériel, comme deux extraterrestres fraîchement débarqués sur Terre.

— Ben, qui sont ces gens ? demanda-t-elle dans un murmure.

Mais Ben ne l'entendit pas. Il pressa le pas en s'écriant :

— Oh, chouette ! C'est Jalal qui les emmène ! Jalal ! Vous êtes aux commandes aujourd'hui ?

Occupé à ranger une caisse avec des gestes experts, ce dernier leva les yeux et hocha la tête.

— Oui, c'est moi qui les emmène.

— Super ! Je viens avec vous alors. Clio me remplacera à la marina, déclara l'adolescent en sautant à bord pour finir de charger le bateau.

— *La ! La !* fit une voix gutturale au-dessus de lui comme un des deux hommes se tournait vers son compagnon d'un air contrarié.

— Le garçon ne vient pas avec nous, déclara ce dernier en anglais à l'attention de Jalal. Personne ne vient avec nous. Pas de place.

Jalal les dévisagea à tour de rôle, impassible.

— Très bien.

Le client avait toujours raison, certes, mais c'était la première fois que quelqu'un repoussait l'aide d'un employé supplémentaire. Avec un hochement de tête déçu, Ben chargea les dernières caisses avant de remonter sur le quai.

Les deux hommes montèrent maladroitement à bord, comme si c'était la première fois de leur vie qu'ils mettaient les pieds sur un bateau. Sur l'ordre de Jalal, ils enfilèrent un gilet de sauvetage sur leur veste de costume. Le résultat arracha un sourire à Clio. Ils portaient même des chaussures de ville, quelle drôle d'idée! remarquat-elle, amusée. Ben lança l'amarre à Jalal avant de pousser le bateau du pied.

Jalal mit alors le contact et ils s'éloignèrent lentement du quai. Les deux hommes détaillèrent soudain Clio des pieds à la tête et l'un d'eux prononça quelques mots qui, bien qu'elle ne comprît pas leur sens, lui donnèrent la chair de poule.

Elle vit la mâchoire de Jalal se contracter et il donna un coup de volant qui déséquilibra ses passagers, forcés de s'agripper l'un à l'autre pour ne pas tomber. Quelques instants plus tard, le bateau débouchait sur le lac.

Jalal et ses passagers avaient agi comme si l'anglais était leur seule langue commune mais Clio était curieusement convaincue que, quelle que fût la langue qu'ils parlaient — l'arabe, probablement —, Jalal la comprenait parfaitement.

La jeune femme suivit le bateau des yeux jusqu'à ce qu'il ne soit plus qu'un petit point noir à l'horizon.

Qui étaient ces deux hommes? se demandait-elle. Et que voulaient-ils à Jalal?

9.

— Non, Jalal, je ne *peux* pas !

Clio se figea, l'oreille tendue, doutant d'avoir bien entendu. Son cœur se mit à battre plus vite.

La journée avait été longue et épuisante. Ses parents étaient partis à une réunion et lorsqu'elle était rentrée chez elle bien après le dîner, elle était directement montée dans sa chambre sous les toits, impatiente de se détendre dans un bon bain chaud. A présent, enveloppée dans son peignoir, elle s'apprêtait à descendre grignoter quelque chose dans la cuisine.

La voix de Rosalie provenait d'une pièce fermée. Pieds nus, Clio longea le couloir, aux aguets. De quelle pièce s'agissait-il ?

— Ça ne fera pas mal ?

Un rire masculin accueillit ses paroles.

— Un tout petit peu, répondit Jalal d'une voix rassurante.

En entendant ces mots, Clio eut l'impression que son cœur cessait de battre. Elle n'en croyait pas ses oreilles.

C'était pire que ce qu'elle avait craint. Elle avait eu peur qu'il ne brise le cœur de Rosalie, mais tout de même pas qu'il...!

Quand cesserait-elle d'être aussi naïve ? Un homme capable de prendre quelqu'un en otage ne reculait devant rien, c'était pourtant évident.

— Mais...

Elle s'arrêta devant la porte. Ce n'était pas la chambre de Rosalie et elle ignorait qui logeait dans cette pièce. Les quelques chambres vides de cet étage étaient à la disposition des cousins et des amis qui défilaient régulièrement chez les Blake.

— Réfléchis... Tu auras mal si tu ne le fais pas. Allez, Rosalie. Sois courageuse.

L'estomac noué, le cœur battant la chamade, Clio posa la main sur le bouton de porte et le tourna en silence. Elle pouvait à peine respirer.

— Je ne *peux* pas !

La porte s'ouvrit de quelques centimètres et elle força son courage. Lorsqu'elle les aperçut, directement dans son champ de vision, son cœur se serra douloureusement.

Ils se tenaient au bout d'un matelas posé sur le sol. Jalal étreignait fermement Rosalie, un bras passé autour de ses épaules, l'autre main serrée au-dessus de son coude. Rosalie le contemplait, visiblement hypnotisée par son sourire rassurant.

Ils étaient trop absorbés l'un par l'autre pour remarquer sa présence.

— Pense à Arwen, alors ! la pressa Jalal. Pense à ce qui pourrait lui arriver si tu ne te décides pas !

Arwen ? Cela tournait au cauchemar ! Un éclair de rage l'électrisa, la consuma, balaya tout en elle sauf la haine. Et elle s'élança à l'instant où Rosalie, finalement convaincue, tira son bras d'un geste sec et tomba sur un genou, faisant voltiger Jalal par-dessus sa tête dans un arc parfait.

Clio, qui fonçait droit sur eux, laissa échapper un petit cri de stupeur et d'admiration mêlées. A l'autre bout du matelas, Rosalie l'aperçut et ouvrit de grands yeux, bouche bée.

— Excellent ! s'écria Jalal.

Il atterrit en douceur sur le matelas, bras et jambes

écartés, juste à temps pour réceptionner Clio qui, en voulant s'arrêter net, avait trébuché sur le bord du matelas.

Elle tomba à genoux entre les jambes de Jalal, ses mains tendues s'abattirent sur ses épaules musclées... et elle glissa mollement en direction du matelas pour se retrouver plaquée contre son grand corps. Sans le vouloir, elle enfouit son visage dans son cou et elle sentit son souffle chaud lui caresser l'oreille. Sa chevelure s'était étalée sur le visage de Jalal et le tissu soyeux de son peignoir turquoise les enveloppait tous les deux.

Jalal, en lutteur averti, l'enlaça aussitôt. Un silence stupéfait s'abattit dans la pièce. Forçant son courage, Clio leva la tête et inspira profondément.

Au-dessus d'elle, Rosalie la dévisageait toujours d'un air abasourdi. Sous elle, Jalal arborait un large sourire. D'une blancheur éclatante, ses dents formaient un contraste saisissant avec son teint cuivré.

— La leçon est terminée, annonça-t-il tandis que des rires amusés fusaient de toutes parts.

— Que..., commença-t-elle, interdite. Que diable... ?

Ils étaient là, les yeux dans les yeux, tandis qu'un rire espiègle secouait le corps de Jalal. Clio eut soudain l'impression d'être traversée d'un courant électrique qui émanait directement de lui.

Elle le sentit bouger tout contre son corps et une boule de feu naquit au creux de son estomac. Le sourire déserta les lèvres de Jalal, qui s'entrouvrirent légèrement tandis que le désir assombrissait son regard.

Clio retint son souffle, assaillie par mille et une sensations infiniment troublantes. Instinctivement, elle tourna la tête vers les rires qui continuaient à fuser.

Tous les membres de la famille, à l'exception de ses parents, étaient alignés contre le mur opposé. Leurs regards pétillants d'amusement étaient rivés sur elle, des sourires ravis fendaient leurs visages jusqu'aux oreilles.

— Que diable se passe-t-il ici ? articula-t-elle finalement d'une voix faible.

Alors même qu'elle formulait cette question, la réponse surgit dans son esprit embrumé. Jalal était en train de donner un de ses cours d'arts martiaux. Quelle idiote !

Sous son peignoir ouvert, elle ne portait qu'une courte nuisette de soie. Jalal, lui, arborait un pantalon en grosse toile blanche de judoka. Il n'y avait donc aucun obstacle entre sa virilité exacerbée et Clio, incapable pour sa part de dissimuler la réaction brûlante de son corps. Posée dans le creux de ses reins, la main de Jalal se fit plus légère et elle eut soudain envie de se plaquer contre lui, de glisser plus bas...

— Lâchez-moi, ordonna-t-elle d'un ton bourru.

Un concert de voix lui demanda ce qu'elle avait eu l'intention de faire. Elle secoua la tête, peu désireuse de leur avouer la vérité. N'y avait-il pas de limites au ridicule ?

— Lâchez-moi, répéta-t-elle.

Il arqua un sourcil interrogateur : il ne la retenait aucunement. Si elle se sentait prise au piège, c'était parce qu'elle le voulait bien. Clio s'écarta brusquement avant de se lever, refermant vivement les pans de son peignoir autour d'elle.

Avec un sourire insolent, Jalal se leva souplement.

— C'était quel genre de prise, ça ? insistèrent les enfants tandis que Clio recouvrait ses esprits.

— C'est sans importance, répondit-elle d'un ton digne. Ça n'a pas marché, je suis partie trop tard.

Elle n'avait pas le droit d'ébranler la confiance aveugle qu'ils plaçaient dans leur ami — un vrai héros, à leurs yeux — en leur confiant ses soupçons ridicules. Au même instant, avec la clarté qui accompagne souvent les vives émotions, la vérité éclata dans son esprit.

La vérité, c'était que Jalal n'était pas son ennemi. Il avait raison : elle avait inventé ce prétexte par peur. Et si elle avait peur de lui, c'était qu'elle se sentait irrésistiblement attirée par lui.

Ce fut comme si un poids désertait sa poitrine. Et en même temps, elle eut l'impression que son esprit s'élevait, enfin libéré.

Une vague de sensualité pénétra tout son être et elle étouffa un petit cri de ravissement. Jamais encore la fusion de son corps et de son esprit ne lui avait procuré un tel bonheur.

Pendant ce temps, les enfants s'étaient tous levés et continuaient à commenter joyeusement l'étonnante intervention de Clio.

— A la prochaine! s'écria Jalal pour signaler la fin du cours. A la surprise de Clio, les enfants s'alignèrent docilement en deux rangs et s'inclinèrent légèrement en avant avant de quitter la pièce en file indienne en se souhaitant bonne nuit. Même Donnelly.

— Apparemment, ils font tout de même la révérence au prince Jalal, observa-t-elle comme Ben, le dernier de la file, refermait la porte derrière lui.

— Adresser un salut respectueux au professeur fait partie des règles basiques des arts martiaux, répondit Jalal. C'est une sorte de promesse de ne tendre que vers le bien dans l'usage des techniques qu'on nous enseigne en cours.

— L'avez-vous faite, cette promesse de ne tendre que vers le bien? demanda Clio, préférant rester en terrain connu après la révélation qu'elle avait eue.

— Non, murmura Jalal, non, Clio, ne vous dérobez pas ainsi.

Le soleil était en train de se coucher. Les ombres s'allongeaient dans la pièce.

Elle pivota sur ses talons, prête à partir, mais il la retint en la prenant dans ses bras.

— Pourquoi agissez-vous ainsi, Clio? Pourquoi me provoquez-vous pour me traiter ensuite de monstre? Pourquoi avez-vous si peur?

Oh, c'était encore trop tôt. Elle n'avait pas eu le temps

de mettre de l'ordre dans ses pensées. Pour cela, elle avait besoin d'un peu de solitude.

Les mains de Jalal glissèrent dans l'échancrure de son peignoir et elle se mit à trembler violemment.

— Que désirez-vous ? chuchota-t-il d'une voix suave.

— Rien du tout, mentit-elle alors que tout son être criait le contraire.

— Vraiment ?

Il se tut un instant, plongeant dans son regard, détaillant son visage, ses lèvres.

— Vous n'êtes pas polie, Clio, vous ne me demandez même pas ce que je veux, moi.

Si elle pouvait demeurer silencieuse, elle se sentait en revanche incapable d'esquisser le moindre geste. Incapable de quitter ses bras chauds et puissants.

— Dans votre culture, reprit-il comme elle ne disait rien, je suis censé vous demander l'autorisation de vous embrasser, c'est bien cela ? Franchement, je n'aime pas ça. Les femmes savent ce qu'elles veulent, pourquoi alors ne serait-ce pas à elles de demander l'autorisation à l'homme qu'elles désirent ? Ne serait-ce pas à elles de formuler des souhaits ? Dans mon pays, tout est beaucoup plus simple dans le domaine de la séduction.

Clio passa sa langue sur ses lèvres sèches. La voix rauque et suave de Jalal sonnait comme une caresse. Mille petits frissons de plaisir couraient sur la peau de la jeune femme.

— Ici aussi, les femmes ont le droit de formuler des souhaits, murmura-t-elle presque malgré elle.

— Dans ce cas, demandez-moi de vous embrasser, lui intima-t-il d'une voix si langoureuse qu'elle retint son souffle pour mieux se concentrer sur les sensations troublantes, complètement inédites, qu'il faisait naître en elle.

Elle était toujours prisonnière de ses bras, si chauds à travers la fine soie de sa nuisette, des bras puissants qui l'étreignaient légèrement, une main dans son dos, l'autre sur ses hanches. Elle sentait la force délicate de ses doigts, sentait son propre corps vibrer de plaisir à la seule pensée que, d'une simple pression, il pourrait faire glisser la soie turquoise pour dévoiler le haut de ses cuisses.

— Non, murmura-t-elle d'une voix faible en se souvenant qu'il lui avait posé une question.

Un sourire joua sur les lèvres de Jalal et il plaqua ses hanches contre les siennes, comme pour lui donner la preuve de son désir — au cas où elle en aurait encore douté.

Les yeux de Clio s'écarquillèrent sous le coup de la surprise et elle retint son souffle tandis que le regard sombre et avide de Jalal glissait vers le triangle de sa féminité. Et là, elle sut de manière inéluctable que leurs deux corps étaient faits l'un pour l'autre.

— J'ai du mal à croire que les hommes de votre pays soient aussi bêtes que vous le laissez entendre, murmura Jalal avant de capturer ses lèvres.

Un flot de sensations à la fois brutes et exquises la submergea.

Avec un art consommé, Jalal caressait, effleurait, léchait, titillait. Clio avait l'impression qu'une incroyable palette de couleurs vives défilaient sous ses paupières closes comme un kaléidoscope enivrant.

Une bouffée d'allégresse étreignit son cœur. Elle eut soudain envie de rire, de laisser exploser sa joie.

Elle noua les doigts sur la nuque de son compagnon, les enfouit avec délice dans son épaisse chevelure, caressa son oreille, son menton.

Les lèvres de Jalal abandonnèrent sa bouche pour tracer un sillon brûlant le long de sa joue jusqu'à sa tempe, puis ses yeux. Sa langue glissa sur ses cils épais, délicatement recourbés. Elle découvrit ainsi que chaque partie de son corps était chargée de sensualité.

Grisée par cette révélation, elle embrassa le cou de Jalal, inhalant avec délice ce parfum qui n'appartenait qu'à lui — une odeur virile, légèrement musquée, qui lui arracha un soupir alangui.

Ses bras puissants l'enlacèrent plus étroitement et il la fit basculer doucement sur le matelas. Clio laissa échapper un petit cri en sentant son corps dur et vigoureux pressé contre le sien de tout son long. Et lorsqu'il prit son visage en coupe pour l'attirer vers le sien, lorsque leurs lèvres se scellèrent avec gourmandise, elle eut l'impression de fondre encore et encore.

La bouche de Jalal la dévorait de baisers et malgré tout, elle ne parvenait pas à se sentir rassasiée. Elle retenait sa tête de ses deux mains, les doigts enfouis dans ses boucles soyeuses, avide de ses baisers incroyablement sensuels.

Comme s'il percevait son impatience, Jalal promena une main sur sa poitrine, puis sur ses hanches, puis de nouveau sur son dos. Electrisée par ses caresses à la fois aériennes et brûlantes, Clio arqua son corps contre le sien. Jalal s'arracha finalement à ses lèvres et la contempla en secouant légèrement la tête avec un petit sourire. Vif comme l'éclair, il la fit rouler sur le dos et se hissa sur un coude. Ses lèvres cessèrent de sourire lorsque sa main, à présent libre d'errer à sa guise, remonta le long de la cuisse de Clio jusqu'à sa hanche dans une caresse infiniment possessive, comme pour délimiter son territoire.

Lorsqu'il replaça soigneusement la nuisette sur sa hanche, un sentiment de frustration assaillit la jeune femme, tellement puissant qu'elle émit une plainte rauque.

C'était comme si elle s'était glissée dans la peau d'une autre. Elle ne se reconnaissait plus. Elle savait à peine comment elle s'appelait. Seuls comptaient pour elle la main de Jalal, le corps de Jalal, sa bouche contre la sienne et le désir intense qu'elle éprouvait pour lui.

Les lèvres fermes du prince étaient à présent descendues vers sa poitrine. Du bout de la langue, il humecta la soie qui couvrait son téton durci par le plaisir. Avec un gémissement rauque, Clio ferma les yeux.

Une spirale de feu dévorant tourbillonnait entre ses cuisses. Dans un semi-brouillard, elle réalisa que la main de Jalal s'était aventurée là, au cœur de sa féminité. Ses doigts, habiles et tendres, la caressèrent jusqu'à ce que des spasmes de volupté secouent son corps, la propulsant dans un monde chaud et liquide, un monde d'extase qu'elle eut l'impression d'explorer à l'infini.

— Oh! murmura-t-elle simplement quand tout fut terminé.

Son corps était chaud et moite et elle reposait sur le matelas, comme une chatte alanguie au soleil.

Jalal se pencha pour déposer un baiser sur ses lèvres.

— Allons dans ma chambre, suggéra-t-il dans un murmure.

Elle hocha la tête docilement et lorsqu'il lui tendit la main pour l'aider à se lever, elle le suivit sans un mot, engourdie par une délicieuse torpeur.

Il ouvrit une porte et inspecta le couloir. Une radio était allumée quelque part.

— Ma chambre, chuchota-t-elle.

Ses jambes étaient comme du coton. Elle dut faire un effort pour ne pas chanceler.

— D'accord, dit Jalal avant de prendre ses lèvres dans un baiser plein de promesses. Vas-y d'abord, je te rejoins tout de suite.

Elle longea le couloir et gravit l'escalier pour regagner sa mansarde. Elle avait la curieuse sensation que son corps s'était liquéfié.

Dans sa chambre, elle se hâta de faire disparaître tous les vêtements qui traînaient sur une chaise, cacha ses chaussures sous le lit, retapa la couette et les oreillers. Puis elle alluma une petite lampe de chevet et contempla le lit, niché sous le toit mansardé, baigné d'une lumière dorée. Un long soupir s'échappa de ses lèvres tandis que des frissons d'excitation couraient sur sa peau palpitante. Tendant l'oreille, elle guetta le pas de Jalal dans l'escalier.

10.

Elle l'entendit enfin et son cœur s'emballa. Elle s'assit sur le lit, se releva, se retourna vivement lorsque la porte s'ouvrit.

Jalal pénétra dans la chambre et ferma doucement la porte derrière lui. Le grincement de la clé dans la serrure la plongea dans un état d'excitation intense. Il s'approcha d'elle, l'enveloppa d'un bras puissant et l'attira tout contre lui pour lui donner le baiser le plus fougueux dont elle eût jamais osé rêver.

Il se prolongea encore et encore; c'était offrir et recevoir, c'était la glace et le feu... Un plaisir divin, absolu.

Lorsqu'il se redressa enfin, elle ne put que balbutier son nom.

— Retire ça, ordonna-t-il avec douceur en faisant glisser son peignoir sur ses épaules.

Elle resta immobile, tremblante, seulement protégée de son regard avide par sa fine nuisette de soie turquoise. Deux minuscules bretelles barraient ses épaules parfaitement dessinées, puis l'étoffe collait à sa poitrine ronde, caressait ses hanches pleines, effleurait ses cuisses lisses et bronzées.

Jalal inclina le visage, plaqua ses lèvres juste sous son oreille et déposa une myriade de baisers sur sa gorge tandis que ses mains se refermaient sur ses cuisses dans un geste possessif.

Ce seul contact suffit à la faire fondre de plaisir.

La main droite de Jalal se glissa sous la soie et, avec une légèreté aérienne, ses doigts effleurèrent le cœur brûlant et palpitant où il pénétrerait bientôt.

— Ma rose, murmura Jalal d'une voix sourde, sombrant dans un tourbillon de passion irrésistible.

Il la toucha du bout des doigts et sut avec une certitude presque primitive que cette fleur tendre et fragile lui appartenait. Il pourrait la caresser, la goûter, la savourer avec sa langue et son corps jusqu'à ce que les soyeux pétales frémissent, s'ouvrent puis se referment sur lui.

Clio retint son souffle et Jalal émit un grognement sourd. Elle sentit son sexe dressé contre elle, entendit sa voix pressante, infiniment sensuelle.

— *Zahri*, murmura-t-il. *Zahri...*

Zary.

Lentement, le mot traversa les brumes du plaisir qui l'alanguissait. Sous le choc, elle suffoqua. Des éclats de glace déchirèrent ses sens exacerbés par la passion, se plantèrent dans son cœur avec une cruauté indicible.

Elle sentit les mains de Jalal qui la poussaient doucement sur le lit. Il parlait en arabe à présent, murmurant des mots enflammés qu'elle ne comprenait pas.

Mais elle avait saisi l'essentiel.

— Lâchez-moi !

Le regard flou, assombri par la passion, Jalal leva la tête et prit son visage en coupe. L'étonnement et l'inquiétude se lisaient sur son visage.

— Clio ?

Exactement comme s'il n'avait pas prononcé un autre prénom, quelques instants auparavant...

— Lâchez-moi !

Sans lui laisser le temps de réagir, elle se dégagea de son étreinte et enroula les bras autour de sa poitrine dans un geste d'autoprotection.

— Que se passe-t-il, chérie ? demanda-t-il, sourcils froncés, en essayant de la reprendre dans ses bras.

86

Reculant vivement, elle le toisa d'un regard glacial. Ses yeux étaient noirs, agrandis d'horreur et Jalal déglutit péniblement, frappé par son expression de dégoût.

— Clio ? Qu'y a-t-il ? Que...

Il se rendit compte alors qu'il ne parlait pas anglais.

— Que se passe-t-il ? demanda-t-il de nouveau, dans la langue de Clio, cette fois.

— N'essayez plus jamais de me toucher, dit-elle d'une voix étranglée.

Avec des gestes mécaniques, elle s'empara de son peignoir et le pressa contre sa poitrine. Elle était impatiente de se dérober à son regard.

— Que s'est-il passé, enfin ? insista Jalal avec douceur. Tu t'es souvenue de quelque chose ?

Il esquissa un pas vers elle, persuadé que la solution se trouvait là, entre ses bras.

— Parle-moi, mon cœur.

— Mon Dieu, je hais les hommes !

Elle soutint son regard, menton pointé en avant, comme si sa haine était dirigée contre lui, personnellement — alors même qu'il n'en était rien, Jalal en avait l'intime conviction.

— Sortez d'ici !

— Clio, répéta-t-il d'une voix plus ferme dans l'espoir de la ramener à la raison.

Elle pivota vers la porte, tourna la clé et ouvrit le battant à toute volée. Puis elle lui fit face de nouveau ; ses yeux lançaient des éclairs, une expression tourmentée déformait son visage.

— Sortez d'ici ! répéta-t-elle.

— Je partirai lorsque tu m'auras dit ce qui te perturbe.

Mais le chagrin, la fureur et l'humiliation l'aveuglaient. Tournant les talons, elle quitta la pièce avant que Jalal, pourtant rapide comme l'éclair, ait eu le temps d'esquisser le moindre geste.

**

Il ne la suivit pas, préférant attendre dans la chambre pleine d'ombres, l'écoutant dévaler l'escalier comme un animal blessé.

Il devinait les raisons de sa fuite précipitée. Il ne pouvait pas y en avoir d'autre : un homme l'avait blessée. Ainsi, ses soupçons se confirmaient.

Une colère sourde, dévorante, l'envahit. Une rage incontrôlable qui lui retourna le ventre. S'il avait rencontré en cet instant le sale type qui l'avait tant fait souffrir, il l'aurait supprimé sur-le-champ.

Il se remémora la passion aveugle qui animait la jeune femme. Elle lui avait offert son cœur avant de se refermer comme une huître.

Quel terrible souvenir avait resurgi dans son esprit, sans crier gare ? Pourquoi ?

Jalal brûlait d'envie de soigner sa blessure, de ressusciter cette fougue, cette ardeur sensuelle qui faisaient partie de sa vraie nature. Lorsqu'il la caressait, lorsqu'elle frissonnait, lorsqu'elle criait de plaisir, c'était avec une fraîcheur, une joie nouvelle qui lui donnaient à croire qu'aucun homme à part lui n'avait encore réussi à lui faire oublier le douloureux souvenir qui hantait sa mémoire. Avec son consentement, il lui avait fait découvrir des zones complètement vierges de son être.

Il se sentait capable d'imprimer à son corps, à son âme, une mémoire toute neuve. Il pourrait effacer l'ancienne. Si seulement elle le laissait faire...

Clio ôta le short et la chemise qu'elle portait sur un maillot deux-pièces ivoire et rangea le tout dans son sac, qui contenait déjà son lecteur de compact-disc portable, un livre, une serviette de bain et un tube de crème solaire. Elle avait mis dans un autre sac des fruits frais et une bouteille d'eau.

Tous les résidents de la maison Blake, temporaires ou permanents, étaient censés apporter leur contribution au bon fonctionnement de la maison, des boutiques et de la marina. Bien sûr, la tâche était attribuée en fonction de l'âge et pour les plus jeunes, il s'agissait davantage d'un jeu que d'un véritable travail.

La seconde règle d'or consistait à prendre un jour de congé par semaine. Clio était justement de repos ce jour-là et à moins d'un cas de force majeure, elle était bien décidée à en profiter.

Elle s'était levée tard afin d'éviter le petit déjeuner familial, redoutant de rencontrer Jalal, et avait laissé un petit mot sur le tableau noir de la cuisine : « Suis descendue à la crique, Clio » avant de s'éclipser.

Après avoir attaché ses cheveux à l'aide d'une barrette, elle se glissa dans l'eau délicieusement fraîche et, tenant d'une main ses sacs waterproof, elle nagea en demi-crawl jusqu'à son endroit préféré.

Cette petite crique isolée, située à vingt minutes de marche de la demeure familiale, n'avait pas de plage de sable fin mais seulement quelques rochers posés en équilibre au pied de la falaise. L'eau y était claire et profonde et plusieurs pitons rocheux, situés au large, empêchaient les hors-bords et les jet-skis de s'en approcher.

Clio appréciait la tranquillité de l'endroit. Elle aimait venir pour s'y reposer. Et méditer.

Son programme de méditation s'annonçait chargé aujourd'hui, songea-t-elle avec ironie en se hissant sur le grand rocher plat situé au milieu de la crique. Elle déposa ses affaires et plongea de nouveau dans l'eau.

Serait-elle condamnée toute sa vie à des rejets aussi brutaux que douloureux ? Etait-elle à la source de ces châtiments ? Lui avait-on jeté un mauvais sort ? Mille questions dansaient dans son esprit lorsqu'elle se glissa sous l'eau limpide, irisée de rayons de lumière.

Deux fois dans sa vie, elle s'était sentie incroyablement attirée par un homme qui n'était pas amoureux d'elle, mais de sa sœur... Simple coïncidence malheureuse?

Probablement pas. Et si ces épreuves étaient en réalité nourries par le complexe d'infériorité qu'elle avait toujours éprouvé vis-à-vis de Zara?

Elle remonta à la surface pour reprendre son souffle et se laissa flotter sur le dos, les yeux rivés sur le ciel turquoise.

Doux Jésus, à ce rythme, elle allait devenir folle! Comment parviendrait-elle à résister à Jalal maintenant qu'elle avait accepté et reconnu l'attirance sexuelle, quasi magnétique, qui la poussait vers lui?

D'un autre côté, comment pourrait-elle s'offrir à lui alors qu'elle savait pertinemment que ce n'était pas elle qu'il désirait? Ce serait s'exposer inéluctablement à une cruelle déception, à une douleur humiliante semblable à celle qu'elle avait éprouvée quelques années plus tôt...

Non, elle n'avait pas l'intention de revivre ce cauchemar. Pas avec Jalal.

Cette fois au moins, elle avait eu le courage et le bon sens de mettre un terme à leur étreinte passionnée. Elle n'était pas restée passive comme avec Peter. Elle ne l'avait pas laissé l'utiliser comme un pâle *ersatz* de sa sœur.

Elle ferma les yeux, imaginant soudain ce qui se serait passé s'il n'avait pas prononcé tout de suite le prénom de sa sœur. S'il l'avait murmuré plus tard, trop tard... C'eût été la fin du monde.

Si Jalal lui avait fait l'amour tout en pensant à Zara, le chagrin qu'elle aurait éprouvé en découvrant la vérité l'aurait tuée. La trahison de Peter avait inhibé sa libido, certes, mais celle de Jalal... celle de Jalal l'aurait anéantie.

Chassant vivement cette étrange pensée de son esprit, elle se mit à fendre l'eau d'un crawl puissant.

Hélas, même l'effort physique ne parvint pas à refouler le désir enflammé, brûlant, irrépressible qui la submergeait dès qu'elle murmurait son prénom.

Dans le Pavillon du Roi à l'architecture somptueuse, les trois princes — Karim, Omar et Rafi — étaient allongés sur des divans tendus de velours près d'une fontaine qui ruisselait gaiement au milieu de la végétation luxuriante.

Vêtus de pantalons bouffants de fine cotonnade et d'amples chemises ouvertes sur leur torse cuivré, pieds et têtes nus, ils semblaient infiniment décontractés. A les voir ainsi nonchalants, occupés à grignoter des fruits secs, personne n'aurait pu se douter qu'ils discutaient d'un sujet de la plus haute importance. Un sujet grave... une affaire d'Etat.

— Quelqu'un l'a contacté, annonça le prince Karim.

Le Pavillon du Roi se trouvait dans le parc de son propre palais, sur la côte du golfe du Barakat. Ils demeurèrent un moment silencieux, comme pour mieux assimiler la nouvelle.

Puis le prince Omar prit la parole.

— C'est plutôt bon signe, je suppose.

D'un geste absent, il souleva le couvercle d'une boîte en or et prit à l'intérieur un petit cigare.

— Connaît-on l'identité de son contact ? demanda le prince Rafi.

— Absolument pas.

Avec des gestes lents, Omar alluma son cigare. Rafi cassa une coque d'amande et porta à ses lèvres le fruit charnu.

— Et comment a-t-il réagi ? s'enquit Omar en contemplant le bout incandescent de son cigare.

— Il serait idiot de manifester de l'intérêt tout de suite.

Karim acquiesça d'un signe de tête.

— Et ils refuseraient de travailler avec un idiot.

— Même s'ils le souhaitent moins intelligent plus tard, fit observer Omar avec un sourire sarcastique. Quelque chose m'intrigue : pourquoi ces conspirateurs s'imaginent-ils qu'il aura toujours besoin d'eux une fois qu'il sera au pouvoir ?

— Parce qu'ils n'auront peut-être pas besoin de *lui*, suggéra Rafi.

— Tu as peut-être raison. Demanderont-ils des garanties ?

— S'ils ont un tant soit peu de bon sens, répondit Omar, ils en *exigeront* !

11.

Indifférente au monde extérieur, elle était allongée sur le rocher baigné de chaleur, écouteurs sur les oreilles, noyant ses soucis dans un flot de musique rock.

— Clio.

Sa peau était lisse et mate, luisante de sueur et de crème solaire. Détachés, ses cheveux s'étalaient sur la roche et leurs pointes effleuraient la surface de l'eau. Son bras droit pendait paresseusement au-dessus de l'eau.

Jalal contempla ses jambes longues et fuselées, la courbe pleine de ses hanches, le renflement délicat de sa poitrine au-dessus du pâle tissu de son maillot de bain. Son regard s'attarda ensuite sur ses lèvres brillantes, ses cils recourbés.

Renonçant à concurrencer la musique tonitruante qui jaillissait de ses écouteurs, il sortit une main de l'eau et éclaboussa légèrement son ventre plat.

Elle sursauta, tourna la tête et cligna des yeux, aveuglée par le soleil. Dès qu'elle parvint à le distinguer, elle éteignit le lecteur de CD et retira ses écouteurs.

Ils se contemplèrent un long moment, douce parenthèse dans ce cadre paradisiaque d'eau fraîche et de soleil ardent.

Puis elle se redressa brusquement et lui tourna le dos pour ranger ses affaires dans son sac, en proie à un trouble profond.

— Que voulez-vous, Jalal? demanda-t-elle d'un ton froid comme il se hissait sur le rocher et s'asseyait derrière elle.

— J'avais envie de vous voir, répondit-il simplement.

— Il ne vous est pas venu à l'esprit que vous étiez la dernière personne que j'avais envie de voir en ce moment? répliqua Clio avec une désinvolture qu'elle était loin de ressentir.

— J'y ai songé, bien sûr. Mais j'ai pensé aussi que si nous parlions un peu de ce qui s'est passé hier soir, cela vous ferait peut-être changer d'avis.

Le cœur de Clio se serra douloureusement. Comment pouvait-il croire un instant qu'il parviendrait à réparer les dégâts qu'il avait causés la veille au soir en prononçant un seul petit mot?

Pourtant, pourquoi le nier, son désir pour lui n'avait en rien diminué. Son corps, le traître, brûlait de vibrer sous ses caresses. C'était plus fort que la raison. Contrairement à Peter, pour qui elle avait nourri un profond dégoût après cette horrible soirée d'anniversaire, Jalal continuait à l'ensorceler bien malgré elle...

— Je suis venue ici pour être seule, déclara-t-elle d'un ton buté en lui tournant toujours le dos.

— Il est parfois préférable de se confier à quelqu'un plutôt que de s'enfermer dans des pensées sombres.

— Je n'ai besoin de personne, Jalal.

Un silence accueillit ses paroles.

— Il fait une chaleur torride, aujourd'hui, reprit finalement Jalal d'un ton laconique. Pourquoi ne m'a-t-on pas averti que le Canada, pays de glace et de neige, se transformait en fournaise l'été?

— C'est un secret bien gardé, répondit Clio. Sinon, la moitié des milliardaires de cette planète se précipiteraient ici et feraient grimper les prix de l'immobilier.

Elle était sur le point de perdre le contrôle de ses émotions. Des larmes gonflaient sa poitrine, elle tremblait intérieurement.

Avec des gestes rapides, elle rassembla ses affaires.

— Clio, ne partez pas.

— Jalal, nous ne pouvons pas revenir en arrière. En revanche, il serait préférable que ce qui s'est passé entre nous ne se reproduise pas, conclut-elle d'une voix étonnamment ferme.

— Je ne suis pas d'accord. Je crois au contraire que nous ne devons pas nous arrêter à ce qui s'est passé hier, protesta Jalal avec une détermination qui la fit frémir.

Que comptait-il lui proposer? Une liaison dans laquelle elle jouerait le rôle de Zara... en échange de quoi il l'initierait aux plaisirs infinis de la chair?

Non, impossible! Malgré le désir intense qu'elle éprouvait pour lui, jamais elle n'accepterait une situation aussi dégradante, aussi révoltante.

— Clio...

Elle devrait plonger dans l'eau et s'éloigner de lui, vite. Mais elle se sentait retenue par une espèce de force invisible qui la clouait sur place. C'était comme humer les effluves d'un plat subtil, brûler d'envie d'y goûter...

Si elle se tournait vers lui maintenant, elle ne s'arrêterait pas à une bouchée. Elle perdrait tout contrôle de ses émotions tant son désir était violent. Oui, si elle cédait à l'envie de se jeter contre son torse vigoureux, de goûter à ses lèvres sensuelles... elle irait droit au désastre.

— J'ai besoin d'être seule, Jalal! s'écria-t-elle avec une pointe de désespoir dans la voix.

Au prix d'un effort surhumain, elle ramassa ses sacs et plongea gracieusement dans le lac, laissant Jalal seul avec ses doutes, ses interrogations et sa peine.

— Est-ce qu'on vous observe en ce moment?

— Bien sûr que oui, voyons! Nul doute qu'on *nous* observe à l'instant précis où je vous parle, dit Jalal d'un ton impatient. Ne pourriez-vous pas au moins essayer d'adopter la tenue vestimentaire locale?

Les deux hommes baissèrent les yeux sur leur costume et leur chemise immaculée, visiblement interloqués.

— Parce que ce n'est pas... ?

— Nous ne sommes pas en ville, au cas où vous ne l'auriez pas remarqué ! La tenue traditionnelle ici, c'est ce que je porte.

Ils considérèrent avec perplexité son bermuda large aux couleurs vives, sa chemise de chambray ouverte sur un T-shirt blanc, et hochèrent la tête.

— Entendu, Excellence.

— Faites donc semblant de pêcher.

— Bien sûr, dirent-ils à l'unisson avant d'échanger un regard paniqué.

— Tenez, voici un ver, continua Jalal en réprimant de justesse un sourire. Accrochez-le à l'hameçon.

Le ver se tortilla entre ses doigts et l'homme au teint sombre retira vivement sa main.

— Ce ver est vivant.

Jalal le gratifia d'un regard glacial.

— Vous fomentez des complots qui feront des milliers de morts et vous avez peur d'un ver minuscule ? Bien sûr qu'il est vivant, ajouta-t-il, impitoyable. C'est ainsi que le poisson l'apprécie, figurez-vous.

12.

— Clio, j'ai une question à vous poser, déclara Jalal sans préambule.

Plusieurs jours s'étaient écoulés depuis leur brève entrevue sur le rocher. Dehors, il pleuvait des trombes d'eau. Les parents et les enfants étaient partis assister à une représentation de cirque dans une ville voisine, abandonnant la gestion du complexe à Clio et Jalal. A l'heure du déjeuner, ce dernier avait laissé le jeune saisonnier employé par les Blake s'occuper seul de la marina déserte pour rentrer à la maison.

Il avait longuement réfléchi depuis cette éprouvante soirée et à présent, une question le taraudait, ne lui laissant aucun répit. Si Clio lui en voulait à ce point, était-ce parce que Zara lui avait confié quelque chose qu'il ignorait? Par exemple, aurait-elle subi un traumatisme durant sa captivité? Un de ses compagnons aurait-il trahi sa confiance et eu envers elle des gestes déplacés? Il devait absolument tirer cette affaire au clair, pour leur salut.

— Même si Zara vous a fait jurer de ne jamais rien dire à personne, il faut que vous trouviez un moyen de m'avouer la vérité. Lequel de mes hommes a fait du mal à votre sœur quand elle se trouvait dans mon...

— Votre prison? compléta Clio d'un ton faussement dégagé.

97

Elle s'absorba dans la préparation de son sandwich, luttant contre le trouble que provoquait en elle sa proximité.

— Oui, admit-il à voix basse. Dans ma prison. A-t-elle subi des sévices sans que je sois au courant ?

Clio fit volte-face, envahie par une bouffée de colère.

— C'est incroyable ! Vous parlez comme si Zara avait été la seule à souffrir de cet enlèvement. Avez-vous seulement une idée de ce que nous avons tous éprouvé en apprenant que Zara avait été prise en otage par un rebelle à des milliers de kilomètres d'ici ? Etes-vous conscient du calvaire quotidien qu'ont traversé mon père et ma mère... et tout le reste de la famille, même la petite Donnelly ? La nouvelle a éclaté comme une bombe ; tous les médias commentaient l'épisode jour après jour ! Et nous étions là, impuissants, plongés dans une angoisse de tous les instants, incertains de l'avenir.

Elle marqua une pause, à bout de souffle, et Jalal attendit.

— Je sais bien qu'elle n'a subi aucun autre choc que celui de l'emprisonnement, reprit-elle d'une voix tremblante, mais ne croyez pas que cela suffise à effacer toutes les cicatrices, Jalal. On ne se remet pas facilement d'une expérience comme celle-ci, même lorsque tout semble être rentré dans l'ordre.

Sa voix se brisa et des larmes perlèrent à ses paupières comme les souvenirs de ce douloureux épisode affluaient à son esprit.

En face d'elle, Jalal demeura silencieux, résistant à l'envie de tendre la main vers elle. Comment pourrait-il la consoler alors qu'il était responsable des blessures qu'elle continuait à évoquer ?

Elle se tut. Ses sanglots s'apaisèrent enfin, les larmes se tarirent. Au bout de quelques minutes, elle leva la tête et le regarda.

— Merci, dit-il dans un murmure. Merci de m'avoir

expliqué ce que je n'arrivais pas à comprendre. J'ai bien pris note de ce que vous m'avez dit, Clio.

Elle ne lui avait pourtant pas tout dit, songea-t-elle avec amertume. Par exemple, elle ne l'avait pas interrogé sur son amour secret pour Zara... Elle ne lui avait pas demandé à quel point il l'aimait et si cet amour le conduirait à trahir son oncle, le prince Rafi, pour la faire sienne.

— Soyez tranquille ; vos oncles ne deviendront pas des martyrs.

C'était une belle journée chaude et ensoleillée. Deux hommes étaient assis à une table sur la terrasse d'une villa de location qui surplombait le lac. En dessous, à côté d'un petit yacht, le bateau de Jalal tanguait doucement sur l'eau. Un domestique posa devant eux de minuscules tasses de café turc et une assiette de gâteaux au miel avant de se retirer discrètement.

Saifuddin ar Ratib : ainsi s'appelait l'homme qui venait de parler. Il avait remplacé Abu Abdullah dans les négociations. Il était plus fin, plus influent, plus proche du cœur de la conspiration... En un mot, plus dangereux.

— Excusez-moi, mais je ne vous suis pas, déclara Jalal.

— Etant donné leur mode de vie, chacun d'entre eux pourrait facilement disparaître dans des circonstances propres à écœurer les vrais croyants.

Jalal perdit brusquement tout intérêt pour le café qu'il tournait d'un geste absent.

— Vraiment ? dit-il à voix basse.

Saifuddin ar Ratib arqua un sourcil. Ils le tenaient. La lueur d'intérêt qu'il avait décelée dans le regard du prince, alors même qu'il feignait l'indifférence, ne lui avait pas échappé.

— Prenez Omar, par exemple, Omar qui apprécie tant le bon scotch. S'ils trouvaient la mort, son épouse et lui, dans un accident de voiture causé par un état d'ébriété avancé, qui pleurerait sa disparition?

Un silence suivit cette suggestion. On entendait au loin le ronron des bateaux et le clapotis de l'eau contre le ponton. Jalal se leva et se dirigea vers la balustrade. Il contempla un moment la surface du lac avant de faire face à ses interlocuteurs.

— Vos amis ont-ils déjà élaboré plusieurs plans de ce genre? s'enquit Jalal d'un ton posé.

Saifuddin ar Ratib leva la main dans un geste pacifique.

— Soyez assuré, prince Jalal, qu'il ne s'agit là que de simples éventualités. Rien ne sera projeté et encore moins exécuté sans votre consentement.

— Très bien.

Un sourire satisfait joua sur les lèvres du prince Jalal ibn Aziz.

— Rappelez à ceux qui vous ont envoyés que je suis lié à vie par la dernière volonté de mon grand-père, et sujet à sa malédiction. Il me faut envoyer les princes en exil, réunir le pays divisé et prendre le pouvoir à leur place. Rien d'autre.

— Bien sûr, approuva Saifuddin ar Ratib en hochant la tête.

— Attenter à la vie des princes ne fait aucunement partie de mes plans, et je mettrai un point d'honneur à poursuivre les assassins éventuels et leurs complices afin de répandre leur sang dans l'immensité de notre désert, ajouta Jalal.

Saifuddin sourit, imperturbable.

— Je comprends votre position. Mais ne courez-vous pas le risque d'être à votre tour détrôné, voire supprimé, si vous vous contentez de les chasser du pays?

Jalal toisa Saifuddin ar Ratib d'un air dédaigneux.

— *Je suis Jalal ibn Aziz ibn Daud ibn Hassan al Quraishi*. C'est assez pour le peuple.

100

Clio consultait rarement l'emploi du temps placardé sur le mur de la cuisine, orné d'une multitude de petits insignes colorés. Depuis quelque temps, ses journées se déroulaient sur le même schéma : elle naviguait entre la boutique d'artisanat et le glacier tandis que sa mère supervisait la galerie d'art.

Son emploi du temps variait uniquement le samedi. Ce jour-là, Ben et elle faisaient le tour des cottages pour changer le linge de maison et vérifier que tout était en ordre avant l'arrivée des locataires suivants.

Elle ne prit donc pas la peine de regarder le tableau jusqu'au samedi suivant, 10 heures. Après avoir déposé le linge propre sur la table de la cuisine, elle décida de manger un yaourt en attendant l'arrivée de Ben. Portant distraitement la cuillère à sa bouche, elle s'immobilisa devant le grand tableau qui avait toujours fait partie de ses étés.

L'insigne de son père, une guitare parce qu'il aimait jouer durant les longues soirées d'hiver, correspondait presque toujours à l'image du bateau qui symbolisait la marina. Ce qui se trouvait sous la rose de sa mère, en revanche, avait varié au fil des années. Depuis quelque temps, c'était souvent un fermier appuyé sur une fourche, représentant la grange qui abritait la galerie d'art.

La tournée des cottages était illustrée par une maisonnette ornée d'une cheminée, et cette dernière se trouvait bien sous le chat de Clio. Elle cligna des yeux avant d'avaler une autre cuillerée de yaourt. Sous le Jedi de Ben, elle ne vit pas la seconde maisonnette. Apparemment, il travaillait à la marina ce matin.

Mais alors, qui viendrait inspecter les cottages avec elle ?

Sourcils froncés, Clio scruta le tableau à la recherche de la maisonnette manquante. Elle la repéra enfin... juste sous le tigre.

13.

Un tigre dangereux... très dangereux!

Un long frisson lui parcourut l'échine. Jalal faisait la tournée des cottages avec elle? Quelle mouche avait piqué sa mère lorsqu'elle avait établi l'emploi du temps?

Et si c'était Jalal qui avait tout orchestré?

Reposant brusquement le pot de yaourt sur le comptoir, elle tourna les talons et courut jusqu'à la galerie d'art. Elle en aurait le cœur net!

— Maman! s'écria-t-elle, hors d'haleine, en pénétrant comme une furie dans la grande bâtisse en brique rouge qui abritait la galerie.

Malgré le ciel chargé de nuages menaçants, deux touristes se trouvaient dans la salle principale, perdues dans la contemplation d'un tableau. En l'entendant arriver, elles se retournèrent et la dévisagèrent d'un air étonné.

Assise à son bureau, sa mère posa son stylo et leva les yeux.

— Que se passe-t-il, Clio? s'enquit-elle d'un ton calme, habituée au caractère impétueux de sa fille.

— Pourquoi as-tu inscrit Jalal pour la tournée de ce matin? demanda Clio dans un murmure.

— Tu as déjà oublié? Ah non, c'est vrai, tu étais à la fête d'anniversaire de ton amie hier soir. Les locataires de Solitaire ont appelé pour nous prévenir que le groupe électrogène était tombé en panne. Jalal a accepté d'aller y

103

jeter un coup d'œil et de le réparer dans la mesure du possible.

— Qu'est-ce que Jalal sait des groupes électrogènes ? s'insurgea Clio.

— Pas mal de choses, semble-t-il, répondit Maddy en gratifiant sa fille d'un regard intrigué. Après tout, c'était avec l'un d'eux qu'il alimentait son camp en électricité.

— Oui, bon, admettons. Mais figure-toi que je n'ai aucune envie qu'il m'accompagne ! Papa ne peut pas venir à sa place ?

— Ton père a prévu de rester à la marina toute la matinée. C'est lui qui a demandé à Jalal de se charger de ce problème. Y vois-tu un inconvénient, Clio ?

Par-dessus ses lunettes de vue, l'expression du regard de Maddy se fit sévère.

— L'antiphatie avouée que tu lui portes mise à part ?

Clio hésita.

— C'est-à-dire que... disons simplement que je n'ai pas envie de passer une journée entière en sa compagnie. En bon macho qui se respecte, il me laissera sans doute faire les lits toute seule et...

— J'espère que tu ne penses pas ce que tu dis, la coupa Maddy d'un ton réprobateur. Toutefois, si cela te dérange tant que ça, je ne vois aucun inconvénient à ce que Rosalie prenne ta place.

— Rosalie ! Mais je... Elle ne peut pas...

— Clio, j'ai des clientes. Charge-toi de résoudre ce petit problème comme bon te semble.

Là-dessus, Maddy se tourna pour répondre à une des touristes qui s'était approchée du bureau.

— Excusez-moi, puis-je vous renseigner ?

Au moment où Clio allait franchir le seuil de la galerie, sa mère l'appela.

— Oui ?

— Clio, si Rosalie prend ta place, demande-lui de chercher le chat des Williams. Il se peut qu'il soit à Solitaire.

Sur un hochement de tête, Clio sortit dans la rue. Voilà tout ce qui importait à sa mère : le chat des Williams ! Rageuse, elle regagna la maison à petites foulées. Jalal se tenait dans la cuisine, près de la porte du fond. Une tasse de café à la main, il contemplait le ciel menaçant.

— J'ai l'impression qu'un orage va bientôt éclater, déclara-t-il.

Elle laissa échapper un rire nerveux.

— Oui, sans aucun doute.

— J'ai chargé le bateau. Vous êtes prête ?

Clio ne répondit pas tout de suite.

— Euh... oui...

Devait-elle demander à Rosalie de la remplacer ?

— Oui, je pense.

Très jeune et complètement inexpérimentée, sa cousine était encore plus vulnérable qu'elle. Elle se sentirait coupable de la précipiter ainsi dans la gueule du loup...

Jalal déposa sa tasse vide dans l'évier.

— Alors, allons-y, dit-il en lui ouvrant la porte.

La colère assombrissait son visage, comme s'il avait deviné ses pensées.

La mort dans l'âme, Clio le suivit au-dehors.

Jalal ralentit pour franchir l'embouchure de la rivière de l'Aiguille Courbe.

Les vacanciers étaient tenus de quitter les cottages le samedi matin avant 10 heures tandis que les nouveaux arrivants ne prenaient possession des lieux qu'à 5 heures de l'après-midi. Ce qui laissait largement à Clio le temps de remettre en ordre les petites maisons.

Mais un groupe électrogène en panne posait un véritable problème. Dans le meilleur des cas, il réussirait à le réparer avec les outils qu'il avait emportés. Sinon... Sinon, il devrait retourner chercher les pièces manquantes puis revenir et se mettre au travail. Auquel cas il n'aurait probablement pas terminé avant l'arrivée des nouveaux locataires.

Clio et Jalal s'étaient occupés des autres cottages en un temps record, gardant Solitaire pour la fin. Ils avaient à peine parlé de toute la matinée, n'échangeant que le minimum d'informations nécessaire à l'accomplissement de leur tâche.

Une tension presque palpable régnait entre eux. Conscients l'un et l'autre du désir latent qui ne demandait qu'à jaillir dès qu'ils s'approchaient l'un de l'autre, ils évitaient soigneusement tout contact physique, mais la frustration que Clio éprouvait s'avérait tout aussi intolérable.

Dieu merci, il serait occupé ailleurs à Solitaire !

Elle consulta sa montre au moment où ils abordaient la boucle. Le ponton apparut enfin.

— Au fait, dit-elle soudain, pourrez-vous m'avertir si vous voyez un chat dans les parages ?

— Un chat ? répéta Jalal d'un ton surpris.

— Les Williams sont venus passer leurs vacances ici avec leur chatte il y a deux semaines et elle a disparu. Ils ont dû partir sans elle. Depuis, nous laissons de la nourriture qui est toujours mangée... Peut-être par des ratons laveurs, qui sait ? Les Williams nous appellent tous les deux jours pour demander si nous l'avons retrouvée mais aucun autre vacancier ne semble l'avoir vue jusqu'à présent.

— De quelle couleur est-elle ? s'enquit-il avec un drôle de sourire.

— Noir et blanc.

Il posa sur elle un regard perçant.

— Je n'ai pas l'intention de capturer cette chatte. Elle devra venir à moi de son plein gré.

Saisissant le double sens de ses paroles, Clio sentit ses joues s'empourprer. Leur signification était claire : si elle désirait avoir une relation avec lui, ce serait à elle de faire le premier pas.

C'était parfait ainsi. Car elle n'avait aucune intention d'explorer sa sensualité nouvellement découverte avec un homme qui en aimait une autre. Etrange comme les hommes réagissaient différemment des femmes en matière de relations amoureuses. Ils semblaient tous parfaitement capables de séparer les sentiments d'une attraction purement physique.

D'ailleurs, tout comme Peter, Jalal ne comprendrait probablement jamais pourquoi le fait qu'il eût murmuré le nom d'une autre — en l'occurrence, celui de sa propre sœur — dans le feu de l'action l'avait à ce point bouleversée. Si tant est qu'il ait eu conscience de l'avoir prononcé. Dans le cas contraire, il devait la prendre pour une parfaite névrosée...

Quoi qu'il en soit, elle était soulagée de savoir qu'il n'essaierait plus de la séduire.

Le tonnerre gronda au moment où il manœuvrait le bateau en direction du ponton, tandis qu'une soudaine bourrasque annonçait une averse imminente. Clio sauta avec l'amarre. De grosses gouttes s'écrasèrent sur les planches pendant que Jalal déchargeait le sac de linge de maison et la boîte à outils.

Sous la véranda, Clio sortit les clés de sa poche.

— Je me charge du ménage, Jalal, si vous voulez vous occuper du groupe tout de suite.

Il hocha la tête comme elle ouvrait la porte.

— Ça va aller ? demanda-t-il en faisant une allusion voilée à l'incident qui s'était produit là, la dernière fois qu'ils étaient venus ensemble.

Clio était repassée au cottage depuis, mais chaque fois, elle était accompagnée de Ben.

— Faisons ensemble le tour de la maison, d'accord ? suggéra-t-elle.

Après avoir déposé ses outils, Jalal lui emboîta le pas et ils inspectèrent chaque pièce du cottage. Clio ne put s'empêcher de remarquer qu'il prenait soin de ne pas la suivre de trop près.

Solitaire ne comportait que deux chambres à coucher mais sa situation était imprenable. Les vacanciers qui louaient la maison une fois revenaient généralement l'année suivante.

Les jeunes couples en lune de miel l'appréciaient particulièrement et plusieurs d'entre eux comptaient à présent parmi leurs fidèles clients. L'endroit était à la fois ensoleillé et retiré, entouré de gros arbres séculaires.

Une fois qu'ils eurent constaté que tout était en ordre, Jalal ramassa ses outils et partit sous la pluie en direction du petit abri caché sous les arbres.

Postée devant la fenêtre d'une des chambres, Clio le suivit des yeux, le cœur battant à tout rompre. Il était tellement attirant... Il évoluait avec une aisance extraordinaire, comme si la forêt était son élément. Il ne courbait pas la tête pour éviter les gouttes de pluie. Non, il *acceptait* la pluie, de la même manière qu'il acceptait la terre sous ses pieds, les branches d'arbre qui lui fouettaient les épaules.

Il disparut dans les bois et Clio exhala un soupir avant de se mettre au travail.

Le vent et la pluie frappaient à présent les fenêtres du cottage. Dans l'impossibilité d'allumer les lumières, elle fit le ménage dans une semi-pénombre grisâtre. Elle changea les draps et disposa des serviettes propres dans la salle de bains.

Et pendant tout ce temps, Jalal ne cessa de hanter ses pensées.

Les sentiments et les émotions qu'elle éprouvait pour lui étaient si intenses qu'ils lui transperçaient le cœur. Le seul fait de songer à son nom la torturait, l'emplissait d'un mélange de désir et de désespoir.

Lorsqu'elle eut terminé, elle erra dans les chambres comme une âme en peine. L'inactivité déchaîna davantage encore la tempête qui faisait rage dans son cœur.

Elle le désirait. Passionnément, désespérément. Quelle

importance, au fond, qu'il lui préférât sa sœur? Jalal n'était pas responsable du traumatisme qu'elle avait subi quelques années plus tôt. Il n'était pas responsable de ce complexe d'infériorité qui ne demandait qu'à être réactivé...

Elle le désirait. Cela faisait une éternité qu'elle n'avait pas éprouvé une telle attirance pour un homme.

Hélas, cet homme-là n'était qu'un mirage, elle en était tout à fait consciente. Il se sentait physiquement attiré par elle, certes, mais il n'était pas amoureux. Rien de bon ne sortirait d'une liaison avec lui. Rien... excepté une plénitude des sens et de la chair.

Pour la première fois de sa vie, elle avait l'occasion d'expérimenter la passion physique, l'extase absolue. Et si cette occasion ne se représentait plus? Si elle retombait dans cette existence fade, monotone, vide de tout plaisir sensuel, dans laquelle elle s'était enfermée avant de le rencontrer?

Le chat devra venir à moi...

Dehors, la tempête se déchaînait autour du cottage — mais elle n'était rien comparée à celle qui ravageait le cœur de Clio.

14.

Postée devant la baie vitrée, elle contemplait d'un air absent les éléments déchaînés, complètement absorbée par ses pensées. Soudain, un point lumineux vacilla dans la vitre.

Elle fit volte-face et repéra la lampe posée sur la table basse, juste derrière elle, celle qu'elle avait tenté d'allumer un moment plus tôt. Clio la fixa, comme hypnotisée. L'ampoule vacilla encore avant de rester allumée.

Le groupe électrogène était réparé.

Il ne tarderait pas à la rejoindre.

Assaillie par une vague d'émotions contradictoires, elle se précipita dans la cuisine, prenant soin d'allumer toutes les lampes sur son passage, remplit la bouilloire et la brancha. Elle était en train de sortir le café et les tasses du placard lorsqu'il entra dans la pièce.

Un éclair zébra le ciel, accompagné d'un roulement de tonnerre simultané.

Elle leva la tête tandis qu'il refermait doucement la porte ; leurs regards se nouèrent et Jalal prit la parole.

— C'est la première fois de ma vie que je vois une telle quantité d'eau tomber du ciel, et tout ça en moins de cinq minutes.

Le charme était rompu et Clio reprit ses esprits. Il était trempé jusqu'aux os.

— Restez où vous êtes ! s'écria-t-elle. Ne bougez surtout pas ou vous allez en mettre partout !

Elle ouvrit le sac de linge sale et sortit une serviette qu'elle plaça à ses pieds.

— Mettez-vous là-dessus pendant que je vais chercher une serviette propre dans la salle de bains.

Jalal secoua la tête.

— Ce n'est pas la peine, j'ai ce qu'il faut, déclara-t-il en se séchant les cheveux avec un pan sec de sa veste.

Dégoulinant d'eau, son polo collait à ses épaules et à son torse.

— Retirez ça, je vais le mettre dans le sèche-linge, suggéra Clio.

— Non, ça va, je vous assure.

— Jalal, vous êtes trempé ! Vous risquez d'attraper la mort si vous restez comme ça.

Il esquissa un sourire.

— La mort ne se laisse pas facilement attraper. Croyez-moi.

— C'est une façon de parler... vous allez attraper un bon rhume.

— Non, répondit-il posément.

Clio le fixa avec attention et capta le message. *Le chat devra venir à moi...* Elle déglutit péniblement.

La bouilloire se mit à siffler et elle en profita pour se détourner.

Le tonnerre gronda de nouveau, accompagné d'un éclair lumineux et d'un craquement sinistre.

— A en juger par la violence de l'orage, nous n'allons pas pouvoir rentrer tout de suite, déclara-t-elle avec une légèreté qu'elle était loin d'éprouver.

Du coin de l'œil, elle vit la mâchoire de Jalal se contracter, comme si cette idée ne lui plaisait guère.

— C'est évident, murmura-t-il simplement.

La gorge nouée, elle prépara le café et remplit les tasses. Cette promiscuité forcée la troublait infiniment. Il eût été tellement facile de céder à ses envies, de se laisser emporter par son désir... Tellement facile. C'était comme une parenthèse, un moment hors du temps. Un accès de folie. Jalal pensait-il la même chose ?

Les jambes tremblantes, elle s'empara du plateau et se dirigea vers le salon. Après avoir ôté ses chaussures maculées de boue, Jalal la rejoignit. Le tonnerre et les éclairs se succédaient à présent et la baie vitrée du salon offrait une vue imprenable sur l'extraordinaire spectacle de la nature déchaînée.

Le ciel déversait des trombes d'eau, le tonnerre roulait au-dessus du toit, faisant danser et bondir l'eau de la rivière, transformant les sentiers en canaux de boue.

Jalal s'assit dans un fauteuil et remercia Clio d'un signe de tête lorsqu'elle posa une tasse de café devant lui.

— Est-ce fréquent qu'il pleuve autant ici ?

Clio esquissa un sourire.

— Dieu merci, non. Cette année a été particulièrement pluvieuse mais un orage comme celui-ci n'éclate que tous les cinq ou six ans environ.

Comme un silence pesant les enveloppait de nouveau, Clio sirota son café en contemplant la pluie qui s'abattait sans merci sur les arbres.

— Mon Dieu, la chatte ! s'écria-t-elle soudain en bondissant sur ses pieds.

Dehors, sur le parapet du pont qui enjambait la rivière, se tenait une chatte noire et blanche, dégoulinante, sa gueule rose grande ouverte dans un miaulement étouffé par la tempête.

— Wousky !

Sans hésiter un instant, elle se précipita vers la porte d'entrée et l'ouvrit à toute volée. Derrière elle, Jalal se leva à son tour.

— Vous n'allez tout de même pas..., commença-t-il mais déjà, Clio s'élançait au-dehors, faisant fi des éléments déchaînés.

Doux Jésus, elle eut aussitôt l'impression de s'être aventurée sous les chutes du Niagara ! Trempée jusqu'aux os, elle mit la main en visière devant ses yeux et scruta l'endroit où elle avait aperçu la chatte.

Celle-ci avait traversé le pont et était à présent assise sous une grosse plante feuillue. Etouffant un juron, Clio traversa tant bien que mal la prairie détrempée en continuant à l'appeler.

— Wousky, Wousky ! Viens ici, Wousky !

La chatte attendit qu'elle se soit rapprochée avant de s'éloigner de nouveau.

« Elle répond quand on l'appelle », lui avaient affirmé les Williams. A d'autres, oui ! songea Clio en poursuivant malgré tout son chemin.

— Wousky, reviens !

Son pied glissa et elle s'étala de tout son long dans la boue.

— Zut, zut et zut ! Wousky !

Elle se releva maladroitement en continuant à pester contre l'animal. L'instant d'après, Jalal la rejoignait.

Un éclair embrasa le paysage et ils aperçurent la chatte, qui émit de nouveau un long miaulement.

Clio s'approcha et une fois encore, Wousky détala dès qu'elle fit mine de vouloir l'attraper.

— Vous vous fatiguez pour rien, cria Jalal à côté d'elle. Vous ne pourrez pas l'attraper !

— Si, objecta Clio. Elle essaie de nous dire quelque chose, de nous mener quelque part. Alors, Wousky, que se passe-t-il ?

La chatte les conduisit jusqu'à l'orée de la forêt, s'immobilisant tous les dix mètres pour vérifier qu'ils la suivaient bien. Elle alla se poster au pied d'un arbre en gémissant doucement.

— Qu'est-ce que c'est ? demanda Clio en s'approchant de l'arbre.

Elle scruta la pénombre...

— Oh, mon Dieu... Wousky !

Dans un creux protégé par une racine surélevée, la

chatte avait installé un nid qui était à présent rempli de boue. Elle avait fait de son mieux pour limiter les dégâts, transportant ses chatons sur le versant du trou, mais l'eau montait à vue d'œil et les petits chats, à force d'être traînés hors de leur abri, étaient à présent trempés et tremblants.

— Regardez, celui-ci est déjà à moitié noyé, dit Jalal en ramassant délicatement un chaton gisant au bord de la flaque.

Wousky surveilla attentivement ses gestes avant d'émettre un miaulement qui aurait pu passer pour une approbation. Clio laissa échapper un rire de soulagement.

— Bon, nous allons arranger ça tout de suite, Wousky, ne t'inquiète pas : tout va bien maintenant !

Une demi-heure plus tard, la mère et ses chatons étaient propres et confortablement installés à côté de la cheminée, dans un carton garni des serviettes de toilette de la semaine précédente. Après avoir englouti un copieux repas, Wousky était revenue s'installer auprès de sa progéniture. Avec un ronronnement de bien-être, elle s'était lancée dans une grande toilette.

Pendant que Clio s'occupait de la petite famille, Jalal avait allumé un feu de bois. Quand tout fut prêt, la jeune femme, accroupie auprès des chats, se releva et baissa les yeux. Elle était entièrement couverte de boue. Et Jalal ne valait guère mieux...

— A nous, maintenant, déclara-t-elle.

Clio émergea de la salle de bains enveloppée d'un immense drap de bain. Une serviette retenait ses cheveux humides à la façon d'un turban. Jalal se tenait toujours dans la cuisine, appuyé au plan de travail, les bras croisés sur sa poitrine, une tasse de café à la main.

En passant devant lui pour atteindre le lave-linge, elle évita soigneusement de croiser son regard.

— A votre tour, dit-elle en enfouissant ses affaires sales dans le tambour. Vous n'avez qu'à déposer vos vêtements dans le couloir, je les mettrai en même temps.

Elle l'entendit poser sa tasse et se diriger vers la salle de bains. Lorsque la porte se fut refermée, elle laissa échapper un long soupir.

Un moment plus tard, il déposa ses affaires devant la porte de la salle de bains. Clio alla les ramasser. En entendant le jet de la douche de l'autre côté de la porte, des images terriblement érotiques envahirent son esprit. Des visions de Jalal nu, ruisselant...

Elle suffoqua et fut obligée de s'appuyer contre le mur, assaillie par un raz-de-marée de sensualité. Elle vit les gouttes d'eau s'écraser sur son corps, la toison brune qui recouvrait son torse, sa main étalant du gel douche sur sa peau cuivrée, et toujours l'eau qui caressait ses muscles, ruisselait sur sa poitrine, ses bras, ses cuisses, ses genoux, ses chevilles...

Elle l'imagina encore, tête renversée sous le jet d'eau, vit les gouttes se mêler à ses épais cils noirs, caresser ses lèvres...

Le bruit de l'eau cessa brusquement et elle sursauta, comme une enfant prise sur le fait. Ramassant vivement les vêtements, elle regagna la cuisine, enfouit le tout dans le lave-linge et le mit en marche.

Il lui fallait absolument se ressaisir. Elle avait besoin de calme pour mettre de l'ordre dans ses pensées. Mais elle était bien incapable de réfléchir, avec Jalal nu dans la pièce voisine...

Elle l'entendit bouger et se précipita dans le salon où Wousky, à moitié endormie, ronronnait tranquillement dans son carton, tous ses chatons accrochés à ses tétons.

Dehors, la pluie continuait à marteler les carreaux.

Sur une impulsion, Clio retourna dans la cuisine et

brancha la radio pour joindre la maison. Ce fut sa mère qui répondit.

— Tout est fermé ici, l'informa Maddy au bout de quelques instants. Nous n'avons plus qu'à attendre que la pluie cesse. Je suppose que les vacanciers qui ont pris la route se sont arrêtés en chemin. C'est plus raisonnable.

— Nous rentrerons après l'orage, déclara Clio.

Elles bavardèrent encore quelques instants avant de se quitter.

Le tonnerre et les éclairs avaient cédé la place à une pluie battante et régulière. Debout dans le salon, Clio regardait par la fenêtre. Elle distinguait son propre reflet sur la vitre, mêlé aux gouttes de pluie.

Et soudain, elle vit Jalal, une serviette drapée autour de la taille, une autre jetée autour du cou, pénétrer dans la pièce.

15.

Elle resta immobile, les yeux braqués sur la vitre, comme il s'avançait lentement vers elle. Quelques mètres les séparaient mais déjà, elle ressentait physiquement sa présence. Sa peau frissonna comme s'il l'avait caressée.

Il s'immobilisa juste derrière elle et elle vit sa tête s'incliner légèrement. Pourtant, elle ne trouva pas encore le courage de rencontrer son regard.

Avec une lenteur délibérée, il leva la main vers elle et enveloppa son épaule nue. Elle tressaillit, traversée par une onde électrique.

— Clio...

De son autre main, il la força doucement, inexorablement, à lui faire face.

— Regardez-moi.

Son cœur cognait à coups précipités dans sa poitrine ; elle était victime à la fois d'une peur incontrôlable et d'un désir irrépressible. Elle se décida enfin à lever les yeux et fut assaillie par une vive émotion lorsque leurs regards s'accrochèrent.

— Avez-vous peur ?

Elle détourna les yeux, le souffle court.

— Un peu, je suppose.

— Il ne faut pas. C'est vous qui commandez, Clio, nous n'irons pas plus loin que ce que vous aurez décidé. Je n'ai aucunement l'intention de vous forcer, vous savez.

Clio demeura silencieuse, contemplant le ciel assombri d'un air songeur. Le ronronnement de la chatte emplissait la pièce.

— Vous avez ma parole... Me ferez-vous confiance ? reprit Jalal.

— Ecoutez...

Elle s'humecta les lèvres.

— Ça va aller. Simplement... j'aimerais que vous évitiez de... de prononcer son nom. Je sais bien que vous...

Saisissant son menton entre le pouce et l'index, Jalal la força à rencontrer son regard. Il fronçait les sourcils.

— Que voulez-vous dire ? « Prononcer son nom » ?

— Il y a très longtemps, un garçon qui était follement amoureux de Zara m'a considérée comme sa remplaçante et ç'a été... J'étais jeune, Jalal, et ç'a été pour moi une expérience extrêmement traumatisante.

En dépit de ses efforts pour garder son calme, sa voix tremblait et elle s'interrompit pour tenter de ravaler la boule qui lui nouait la gorge.

— Il a abusé de vous alors qu'en réalité, c'était votre sœur qu'il désirait ? demanda Jalal avec une grande douceur.

— Non, répondit Clio dans un soupir. J'ai découvert la vérité alors qu'il était déjà trop tard... presque trop tard, corrigea-t-elle. J'ai compris alors qu'il me faisait l'amour par dépit, parce qu'il ne pouvait pas avoir Zara.

Elle leva les yeux vers lui en esquissant un sourire forcé.

— Il a dit son nom ; c'est à cet instant que j'ai su.

Jalal demeura silencieux un long moment.

— Que redoutez-vous à présent ? Je ne prononcerai aucun autre nom que le vôtre, Clio, je ne pense à personne d'autre qu'à vous..., affirma-t-il d'un ton suave.

Le désir et l'angoisse s'affrontaient en elle à armes égales.

— C'est juste que... quand vous avez dit son nom la dernière fois, je me suis sentie profondément blessée, je suis désolée. Et si cela vous échappe enc...

Sa voix se brisa comme elle prenait conscience du côté insupportable de la situation. Comment pourrait-elle accepter de faire l'amour avec un homme qui en aimait une autre ?

— Le nom de qui ? demanda Jalal en fronçant de nouveau les sourcils.

— Je suis désolée, répéta-t-elle au bout de quelques instants. Je ne le supporterai pas, en fin de compte.

— Je n'ai prononcé aucun autre prénom que le vôtre.

Clio secoua la tête, en proie à une immense confusion.

— Ce n'est pas grave, Jalal, je vous assure...

— C'est très grave, au contraire. Quel prénom avez-vous cru entendre ?

Il semblait sincère... et pourtant, elle l'avait bel et bien entendu.

— Zara. Vous ne vous en êtes peut-être pas rendu compte...

— *Zara !*

On eût dit qu'il tombait des nues.

— Pourquoi aurais-je prononcé le prénom de votre sœur dans de telles circonstances ? C'est parfaitement ridicule ! Croyez-vous sincèrement que je sois amoureux de la femme de mon oncle ? Qu'avez-vous bien pu entendre ? Qu'avez-vous imaginé ?

Clio fixait le pouls qui battait puissamment à la naissance de son cou.

— Je n'ai rien imaginé, vous l'avez dit. Vous avez dit : *Zary*. Très clairement.

Elle marqua une pause, s'éclaircit la gorge.

— C'est drôle, c'est ainsi que je l'appelais quand nous étions enfants. Zary. Je n'aurais jamais cru que quelqu'un d'autre utiliserait ce surnom.

— Zarie, répéta-t-il comme pour tester le mot.

Il secoua d'abord la tête puis s'arrêta. Ses pupilles se rétrécirent.

— *Zahri,* dit-il avec une autre voix, comme si la lumière se faisait dans son esprit. Je vous ai appelée *Zahri,* c'est bien ce que vous avez entendu, n'est-ce pas ?

— Oui ! s'écria Clio en reconnaissant le soupir sur la première syllabe. Oui, c'était ça ! Vous voyez, vous l'avez dit.

— Je l'ai dit, c'est vrai, admit Jalal en hochant la tête. En arabe, ce mot signifie *ma fleur.*

Sa main encercla sa gorge et il souleva délicatement son menton.

— Je ne parlais pas de votre sœur mais de vous, Clio. De votre corps magnifique qui me fait penser à une fleur... une fleur prête à éclore pour moi.

Un flot de sensations déferla en elle et elle renversa la tête en arrière, chancelante. Toute la tension, tout le chagrin qu'elle avait accumulés ces derniers temps l'abandonnèrent d'un coup et elle laissa échapper un long gémissement.

— Etait-ce là votre seule peur ? s'enquit Jalal dans un murmure rauque. Votre seul tourment ? Juste ce petit mot-là ?

Elle inspira profondément pour s'efforcer de discipliner les sensations confuses qui couraient dans ses veines. Tout à coup, une folle envie de pleurer la saisit.

— C'est tout, oui ! répondit-elle d'une voix étranglée. Oui, c'est tout !

Sans ajouter un mot, Jalal se pencha vers elle, la souleva prestement dans ses bras puissants et prit la direction de la chambre à coucher.

⁎⁎

Il la déposa à côté du lit et le drap de bain glissa lentement sur sa poitrine. Par réflexe, elle voulut le retenir, mais il l'en empêcha en saisissant son poignet.

— Laissez-moi vous regarder.

Imitant la main d'un amant, la serviette glissa sur sa poitrine ferme et voluptueuse, ses hanches douces et rondes, avant de tomber sur le sol.

Le regard de Jalal se chargea de sensualité comme il la contemplait longuement.

— Vous êtes très belle, déclara-t-il dans un souffle. Cela fait des siècles que nos poètes parlent de vous...

— De moi? répéta Clio avec un sourire timide.

Il hocha la tête.

— Ils vous appellent *Asheeq*.

— Quelle est la signification de ce mot?

— Chérie, murmura-t-il. Voilà ce que veut dire *Asheeq. Anti asheeqi.*

Il leva la main pour dénouer la serviette qui retenait toujours ses cheveux. Une cascade de mèches brunes, encore humides, retomba lourdement sur ses épaules et dans son dos. Le désir qu'elle lut dans le regard de braise du prince la fit tressaillir.

Et tout à coup, des sensations qu'elle n'avait encore jamais éprouvées l'assaillirent et s'épanouirent, l'entraînant dans un jardin plein de parfums et de couleurs... Un jardin de volupté, alors même que Jalal ne la caressait que du regard.

Les yeux toujours rivés sur elle, il se débarrassa de la serviette qui pendait à son cou puis ses mains, chaudes, puissantes, enveloppèrent ses épaules et il l'attira contre lui. La poitrine de Clio s'écrasa contre son torse dur, ses cuisses effleurèrent la serviette qui dissimulait encore ses jambes musclées. Jalal inclina la tête, sa bouche goûta la sienne... puis la dévora avec une avidité qui la laissa pantelante.

Il enfouit une main dans l'épaisseur humide de ses cheveux et la plaqua tout contre lui, contre son corps vibrant de désir. Une vague de chaleur envahit la jeune femme. Au contact de ses mains brûlantes et douces, de ses lèvres gourmandes, de son corps magnifiquement découplé, elle eut l'impression de fondre de plaisir.

Après une éternité de baisers tantôt tendres et taquins, tantôt exigeants et pressants, il abandonna ses lèvres.

— Allongez-vous.

Grisée de volupté, elle pivota légèrement et grimpa souplement sur le vaste lit.

Et soudain, avant qu'elle ait eu le temps de comprendre ce qui se passait, elle sentit sa bouche entre ses jambes, sa langue caresser le délicat bourgeon de sa féminité.

Un petit cri s'échappa de ses lèvres. Puis un autre. Elle voulut se dégager, tant le plaisir lui parut insoutenable, mais les doigts de Jalal agrippèrent ses cuisses, la ramenant irrésistiblement vers sa bouche implacable ; sa langue experte continua à l'entraîner dans une débauche de sensations d'une intensité quasi intolérable.

Il ne fallut que quelques minutes pour qu'une onde de chaleur imprègne délicieusement chaque centimètre carré de sa peau, chaque terminaison nerveuse de son être. Lorsque l'extase suprême finit par l'engloutir, elle poussa une longue plainte rauque.

Puis elle se laissa tomber sur le lit.

— Oh, merci, Jalal, c'était absolument divin ! murmura-t-elle d'une voix rauque. Merci...

Debout à côté du lit, il dénoua la serviette qui lui ceignait toujours la taille. Un sourire flottait sur ses lèvres.

— Je crois pouvoir promettre davantage...

Tout alanguie, elle roula sur le côté pour mieux le contempler. Il possédait un corps magnifique. Lorsqu'il s'allongea auprès d'elle, elle admira ses longs membres puissamment musclés, sa peau sombre et satinée, sa glorieuse virilité.

Elle détourna les yeux, le souffle court. Tout contre elle, Jalal enveloppa d'une main un sein palpitant tandis que l'autre se glissait dans sa lourde chevelure.

Elle effleura sa joue, caressa doucement ses lèvres. Il aspira son index et le suça avec avidité. Une nouvelle vague de volupté envahit Clio qui exhala un petit soupir béat.

La main de Jalal descendit lentement vers le triangle de boucles brunes niché entre ses cuisses. Elle ferma les paupières en continuant d'explorer son corps viril, savourant le contact de sa peau lisse et ferme, de la toison soyeuse qui ombrait son torse...

Lorsqu'elle toucha enfin son sexe vibrant de désir, les pupilles de Jalal se rétrécirent tandis qu'un sourire infiniment sensuel naissait sur ses lèvres. En proie à une excitation presque frénétique, elle explora sa douce virilité avec délice avant de l'emprisonner dans un geste possessif.

Les caresses de Jalal l'entraînèrent bientôt vers un nouvel orgasme, aussi violent et délectable que le précédent, et elle s'arqua contre lui, projetant ses hanches contre celles de son amant. Tout à coup, il se dressa au-dessus d'elle et pénétra lentement la rose palpitante qui s'offrait à lui.

Grisé de volupté, il s'enfonça dans l'écrin moite et accueillant. Lorsqu'il l'entendit pousser un petit cri de plaisir, il sut qu'il avait attendu toute sa vie cet instant-là.

Il s'arracha à l'étreinte passionnée de la rose avant de la visiter de nouveau, initiant un plaisir indicible, quasi primitif. Bouleversée, Clio gémit son nom avant de perdre la notion du temps et de l'espace, sombrant avec délectation dans l'océan de volupté qu'il lui offrait.

Seul le plaisir des sens comptait à présent, un plaisir qui balayait tout sur son passage.

En proie à une profonde allégresse, elle caressa son corps somptueux, son dos puissant, ses fesses musclées, ses larges épaules, s'épanouit pleinement sous le lent va-et-vient qu'il imprimait au cœur de son être.

Murmurant des paroles qu'elle ne comprit pas, il captura sa bouche dans un baiser enflammé tandis que ses assauts s'accéléraient, les propulsant tous deux au sommet de l'extase.

Celle-ci les foudroya en même temps et ils s'enlacèrent frénétiquement, puisant dans l'autre la source même du plaisir, un plaisir extatique. Exceptionnel.

16.

La pluie se fit moins violente, le vent perdit de son intensité. Après une douche qui se transforma vite en étreinte sensuelle, infiniment érotique, ils remirent de l'ordre dans le cottage, changèrent une nouvelle fois les draps et les serviettes. Puis Jalal transporta précautionneusement la nouvelle maison de Wousky et de ses chatons jusqu'au bateau.

L'heure était venue de partir... même s'ils brûlaient d'envie de passer la nuit ici.

Le ciel se dégageait peu à peu et le soleil fit une timide apparition, projetant ses rayons sur la nature détrempée. Le cœur en fête, Clio demeura près de Jalal comme ce dernier conduisait le bateau. Elle se sentait tellement bien ! Sereine, épanouie. En communion absolue avec l'homme qui la serrait contre lui.

— J'aimerais que tu me parles de l'homme qui t'a blessée, déclara-t-il soudain. Acceptes-tu de me raconter ce qui s'est passé ?

— Je n'en ai jamais parlé à personne, avoua Clio dans un murmure.

Pas même à sa sœur Zara. Mais avec Jalal, c'était différent. D'une voix étonnamment ferme, comme si la passion de Jalal avait balayé d'un coup les moments sombres de son existence, elle se lança dans le récit du douloureux incident qui avait tant influencé le cours de sa vie.

Elle vit son beau visage se durcir lorsqu'elle évoqua la nuit de son seizième anniversaire, cette nuit où elle avait offert à Peter sa virginité sans songer à lutter un seul instant.

Lorsqu'elle eut terminé, Jalal demeura un long moment silencieux.

— Qu'est-il devenu, ce Peter?

— Oh, il a repris le garage de son père, répondit Clio avec détachement. Il n'est pas marié, j'imagine qu'il n'a pas encore trouvé l'âme sœur. Je l'ai aperçu dans la rue il y a deux ans. Il conduisait un joli petit bolide rouge, et je suppose qu'il ne songerait pas un seul instant à le troquer contre un vieux break familial! conclut la jeune femme.

— Quel idiot, dit Jalal en esquissant un sourire amusé, comme si Peter était le cadet de ses soucis.

Clio émit un rire cristallin.

— Le soleil est de retour, enlevons la capote, d'accord? lança-t-elle d'un ton enjoué.

Jalal immobilisa le bateau et ils démontèrent rapidement la capote antipluie.

— Maintenant, commenta-t-il en dardant sur elle un regard pénétrant, le vent va faire des nœuds dans tes cheveux, et ce soir... ce soir, j'enfouirai mon visage dans tes cheveux emmêlés.

— Notre proposition l'intéresse, c'est évident, déclara Saifuddin ar Ratib d'un ton circonspect. Toutefois, il ne désire pas s'engager tant que nous ne lui exposons pas clairement notre plan.

— Il faut pourtant le pousser à s'engager, répondit la voix à l'autre bout du fil.

— Bien sûr, Excellence.

Il y eut un silence. Finalement, la voix reprit:

— Vous avez raison, comme toujours, Saifuddin. L'heure est venue de tout lui révéler. Rappelez-moi quand ce sera fait.

128

Jalal était en retard pour le dîner. Il avait pris un bateau peu de temps après leur retour de Solitaire et personne ne savait où il était allé. C'était très inhabituel de sa part de manquer un repas de famille sans prévenir et tout le monde se demandait où il était passé.

Clio, quant à elle, était assaillie d'interrogations et de soupçons. Comment réagirait-elle si elle se trouvait confrontée à des choix cruciaux ? Si Jalal était en train de conspirer contre les princes, par exemple...

C'était aussi le jour de la leçon de judo et les enfants ne dissimulaient pas leur inquiétude.

— Il dit toujours que la discipline est la règle d'or des arts martiaux, il n'oubliera certainement pas le cours, déclara Ben.

— Arrêtez un peu de vous faire du mauvais sang, tous, les rabroua gentiment Maddy. Quelqu'un a appelé Jalal pendant son absence et je lui ai communiqué le message dès qu'il est rentré. Sans doute est-il allé faire une course et il aura été retenu...

L'auteur du coup de téléphone avait-il un accent ? La question surgit à brûle-pourpoint dans l'esprit de Clio. Au prix d'un effort, elle parvint à se taire.

— Mais il est où, Zalal ? demanda Donnelly de sa petite voix perçante, pour la troisième fois depuis le début du repas.

Clio la gratifia d'un sourire compatissant.

Donnelly avait raison : la famille semblait désespérément incomplète sans Jalal.

Le ronron d'un moteur de bateau les réduisit tous au silence. Il s'amplifia, bientôt accompagné des bruits familiers d'une embarcation qui accostait au ponton familial. Les enfants retrouvèrent leur sourire tandis qu'on entendait de part et d'autre quelques soupirs de soulagement.

De son côté, Clio s'efforça de réprimer le sourire radieux qui tremblait sur ses lèvres ; mais lorsque Jalal franchit la porte de la cuisine, elle ne put s'empêcher de lui décocher un sourire aussi éclatant que celui de la petite Donnelly.

— Zalal, Zalal ! s'exclama la fillette comme si la fin du monde avait été évitée de justesse par l'arrivée du prince.

Il pénétra dans la pièce, tout sourires, prit son assiette sur la table et alla chercher un épi de maïs dans la casserole qui chauffait doucement sur la cuisinière.

Tout le monde s'était remis à bavarder joyeusement. Jalal s'attabla, glissant à Clio un regard tellement lourd de sous-entendus qu'elle sentit son cœur s'emballer comme un cheval en plein galop. Son père dit quelque chose, sa mère répliqua et la vie reprit son cours tranquille autour de la grande tablée, dans la cuisine chaleureuse.

Clio s'étonna de pouvoir rester assise au milieu d'eux tout en étant intimement liée à Jalal, comme s'ils étaient sur une île déserte, rien que tous les deux. Elle sentait aussi que quelque chose de nouveau était survenu pendant son absence, quelque chose qui le préoccupait. Mais il ne dit rien.

Une fois le repas terminé et le lave-vaisselle rempli, l'heure du cours arriva. Assailli par les enfants, Jalal coula un regard entendu en direction de Clio. Elle acquiesça d'un battement de cils et déglutit péniblement pendant que ses joues s'empourpraient.

Seule dans sa chambre, la jeune femme se prépara soigneusement. Elle prit un bain parfumé avec quelques gouttes d'huile, lava ses cheveux, lima et couvrit ses ongles d'un joli vernis bronze qui se mariait merveilleusement avec sa peau hâlée. Puis elle s'enduisit d'huile corporelle et se parfuma les cheveux avant de les sécher et de les laisser flotter librement sur ses épaules.

Au moment de choisir sa tenue, elle opta pour une grande chemise de coton pêche que Jude avait laissée en partant. Elle n'était pas toute neuve, certes, mais sa douceur était incomparable.

En dessous... il y avait son corps nu, couleur caramel, qui frémissait déjà de désir à la seule pensée que son amant serait là bientôt. Son cœur fit un bond dans sa poitrine lorsque, un moment plus tard, elle entendit un bruit de pas dans l'escalier. Un coup léger fut frappé à la porte et Jalal pénétra enfin dans la pièce.

Clio était allongée sur le lit, la tête appuyée contre la paume de sa main, avec un livre dont elle avait été incapable de lire la première phrase. Une lumière tamisée l'enveloppait et la fenêtre de son petit balcon s'ouvrait sur la magie de la nuit. Un blues s'échappait des enceintes de la chaîne hi-fi. Dehors, la lune et les étoiles se reflétaient sur la surface argentée du lac, enguirlandé de toutes les lumières des maisons qui l'entouraient. Une douce brise agita les rideaux, soulevant légèrement le long peignoir de Jalal, lorsqu'il pivota pour refermer la porte derrière lui.

Jalal s'habillait à l'occidentale pendant la journée mais le soir, il lui arrivait parfois d'arborer les tenues de son pays. Et ce soir-là, il portait un peignoir à motifs vert et or, légèrement ouvert sur son torse nu, et un ample pantalon assorti. Ainsi vêtu, il ressemblait à un cheikh tout droit sorti d'un conte oriental.

Il était tellement beau, tellement exotique paré de ces riches coloris, que le cœur de Clio se mit à cogner violemment dans sa poitrine. Elle renversa la tête en arrière pour lui sourire et il se pencha vers elle, cueillant un baiser sur ses lèvres.

Elle noua les doigts sur sa nuque comme il s'allongeait auprès d'elle. Aussitôt, il entreprit de déboutonner sa chemise, repoussa les deux pans de fine cotonnade et caressa voluptueusement son épaule dénudée, sa poitrine, son ventre. Puis il la plaqua contre son torse chaud et dévora ses lèvres.

Déjà, Clio vibrait de tout son être, consciente du plaisir qu'il pouvait lui donner, impatiente d'y goûter de nouveau. Elle gémit contre sa bouche et sentit le corps de son amant se raidir en retour.

— J'ai follement envie de toi, Clio, chuchota-t-il d'une voix enrouée par l'émotion. Embrasse-moi encore.

Electrisée par ses paroles et ses caresses, Clio s'arqua contre lui presque désespérément. Jamais elle ne parviendrait à se rassasier de lui. Jamais...

Il roula sur le dos, l'entraînant avec lui de telle façon qu'elle se retrouva sur lui. Ils s'embrassèrent encore avec une ardeur sans cesse renouvelée. Soudain, Clio s'écarta et plongea dans ses yeux.

— Je t'aime, confessa-t-elle dans un murmure.

Elle retint son souffle en entendant ses propres mots.

— Je t'aime aussi, Clio...

En proie à une vive émotion, elle eut l'impression de suffoquer.

17.

— Pourquoi avais-tu l'air aussi préoccupé, ce soir ? demanda Clio bien plus tard, alors qu'ils reposaient l'un contre l'autre, encore tout alanguis de plaisir.

Jalal ne répondit pas tout de suite.

— Mes soucis n'ont absolument rien à voir avec ta famille...

Il s'interrompit brusquement et une bouffée d'angoisse soudaine assaillit Clio.

— Est-ce en rapport avec le Barakat ?

Il soupira.

— Si je te confie mes préoccupations, Clio, sache que tu porteras un fardeau que tu ne pourras partager avec personne. Est-ce vraiment ce que tu souhaites ?

Il glissa une main dans sa chevelure emmêlée puis, devant son silence hésitant, il reprit :

— Cela pourrait être véritablement très risqué si tu en parlais à quelqu'un. Des vies seraient menacées. Alors, que décides-tu ?

— Ta vie, par exemple ?

Il ne répondit pas, se contentant de l'observer de son regard sombre, et elle devina la réponse.

— Et celle de... celle de Zara ? reprit-elle d'une voix tremblante.

Jalal inspira profondément.

— Je fais de mon mieux pour qu'elle reste en dehors de tout cela.

— Oh, mon Dieu !

Clio ferma les yeux, tenaillée par une sourde angoisse.

— Je crois que je préfère ne pas savoir.

Ils restèrent un moment silencieux. Elle n'arrivait pas à croire qu'il puisse être en train de comploter contre les princes, ses propres oncles. Non, c'était impossible... Et tellement injuste !

— Il se peut que je doive regagner le Barakat très prochainement, déclara soudain Jalal.

Il saisit sa main et la porta à ses lèvres.

— Si je m'en vais, Clio... viendras-tu avec moi ?

Son cœur se serra douloureusement. Tout allait trop vite, tout à coup.

— Pardon ?

— Si les événements me rappellent au pays, viens avec moi, Clio.

— Aux émirats ? dit Clio d'une voix étranglée. Pour combien de temps ? Nous sommes en pleine saison touristique !

— Pour combien de temps ? Pour toujours ! Veux-tu devenir ma femme ? Je t'aime, Clio. Je veux que tu viennes avec moi. Je t'en prie, épouse-moi.

Elle le considéra attentivement, le cœur battant à se rompre. Une vague de chaleur se répandit dans tout son être, comme si l'amour se déversait en elle. Mais...

— Oh, Jalal...

— Dis-moi oui.

— Partir d'ici ? Pour toujours ?

Il l'attira dans ses bras et elle se blottit contre lui. Elle balaya la pièce du regard, s'attarda sur les rideaux qui dansaient au gré de la brise et écouta le chant magique du lac.

La chouette, l'ours et le loup semblaient l'appeler des collines lointaines. Elle ne les entendrait plus, lorsqu'elle serait dans le désert.

— Nous reviendrons en vacances, murmura-t-il.

— Je ne peux pas ! Jalal, je suis chez moi, ici !

— Je t'offrirai un nouveau chez toi. Un palais avec des fontaines et une foule de choses qui raviront tes yeux. Nous ne serons pas loin des montagnes...

— Je ne peux pas quitter mon pays ! Mes racines se trouvent ici !

Le visage de Jalal s'assombrit.

— Clio, je t'ai enfin trouvée. Tu comptes plus que tout au monde pour moi. M'aimes-tu vraiment ?

Des larmes lui brûlèrent les yeux.

— Je t'aime, oui, je t'aime vraiment ! Et je veux vivre avec toi ! Mais, Jalal, je t'en prie... ne me demande pas un tel sacrifice !

Au lieu de lui répondre, il roula sur elle et l'embrassa avec passion, comme s'il voulait oublier les nuages qui planaient au-dessus de leurs têtes.

18.

La nuit suivante, ils firent l'amour avec une ardeur redoublée, une fougue qui les conduisit tout droit dans un pays de plaisir indicible et, au-delà de ses frontières, dans un désert de douleur insoutenable. Atteindre une fusion aussi complète signifiait aussi pour eux qu'ils ne seraient jamais vraiment réunis et Clio pleura de joie et de tristesse mêlées.

Plus tard, ils bavardèrent de choses et d'autres, leurs deux corps enchevêtrés, comme deux amants ordinaires. Mais Clio savait que leur bonheur était menacé. La journée qui venait de s'écouler lui avait semblé interminable, chaque heure lui avait rappelé à quel point elle était attachée à son pays et aux gens qui faisaient partie de sa vie. S'en séparer serait au-dessus de ses forces.

— Tu m'as dit..., commença-t-elle soudain, presque sans s'en rendre compte. Jalal, tu m'as dit hier soir qu'une menace était en train de se profiler à l'horizon.

Il hocha la tête.

— Veux-tu que je t'expose la situation ?

— Oui, je crois que c'est nécessaire à présent.

Il hésita quelques instants avant de prendre la parole.

— Un groupe d'hommes souhaite prendre le pouvoir à la place de mes oncles. Ils veulent réunifier les émirats du Barakat afin de former le royaume du Barakat, gouverné par un seul souverain. Un souverain de paille qu'ils espèrent manipuler à leur guise une fois qu'ils l'auront mis au pouvoir.

Clio laissa échapper un petit cri étranglé.

— Toi ?

Il abaissa très légèrement le menton.

— Je joue un rôle majeur au cœur de cette conspiration. Etant donné qu'Aziz était mon père, nombreux sont ceux qui pensent que le trône doit me revenir de droit. Si on commence à raconter partout dans le pays que la division du royaume est une mauvaise idée, que les nouveaux souverains, dans leur frivolité, ont préféré épouser des étrangères au lieu de prendre des femmes du pays, alors le peuple sera convaincu que la solution est de porter un autre roi au pouvoir...

— Cette propagande a-t-elle lieu en ce moment ?

— Des rumeurs courent, des articles paraissent dans certains journaux. Mes oncles ont senti qu'il se tramait quelque chose... mais comment découvrir l'identité de ceux qui sont à l'origine de cette cabale ? C'est pourquoi ils m'ont envoyé à l'étranger, officiellement pour que je termine mes études, espérant secrètement que je sois approché par les conspirateurs. Après mon départ, la rumeur a laissé entendre que j'avais été envoyé en exil pour « divergence d'opinions » avec eux.

Malgré la douceur de la nuit, Clio se mit à trembler. Elle enfila sa nuisette, croisa ses bras sur sa poitrine et s'assit en tailleur à côté de Jalal.

— Oh, Jalal... tu fais partie du plan de tes oncles, c'est ça ?

Une bouffée de soulagement mêlée à une angoisse sans nom l'envahit. Comment avait-elle pu croire un instant qu'il était l'instigateur d'un complot contre les souverains ? Cet homme n'était pas un traître, c'était évident.

— C'est extrêmement dangereux, reprit-elle d'une voix tremblante. Que se passera-t-il si quelqu'un découvre que tu joues un double jeu ?

Il effleura sa cuisse fuselée et lisse d'une légère caresse.

— Tu comprends à présent pourquoi tu ne dois parler de cela à personne. Désormais, ma vie repose entre tes mains à double titre.

Au prix d'un effort, Clio reprit la parole.

— Continue, je t'écoute.

— Mes oncles avaient vu juste. J'ai été contacté.

— Et... par qui ?

— On ne m'a pas encore donné de noms. Mais hier soir, ils m'ont prié d'assister à une nouvelle réunion. Ils m'ont annoncé qu'ils avaient quelque chose en leur possession... quelque chose qui, à leur avis, me ralliera définitivement à leur cause.

— Crois-tu qu'ils pourraient exercer un chantage sur toi ?

Il secoua la tête d'un air désemparé.

— C'est en effet ce qu'ils m'ont laissé entendre. Cependant, j'ignore totalement de quoi ils parlent. Ce que j'ai fait n'a jamais été un secret pour personne. Tout le monde sait que j'ai kidnappé la princesse Zara. Qu'y a-t-il d'autre ?

Il s'interrompit, haussa les épaules.

— Toujours est-il qu'ils veulent me montrer ce qu'ils ont. S'ils en profitent pour me révéler l'identité de leur chef de file, j'aurai rempli ma mission. Sinon... je n'ai rien découvert d'important, tu comprends, Clio ! ajouta-t-il d'un air contrarié.

Il marqua une pause avant de reprendre sur un ton empreint de gravité :

— Je dois aller les voir demain. Il n'est pas impossible que je doive regagner les émirats aussitôt après.

Il caressa ses cheveux doux et brillants.

— Clio, chérie, je te demande de nouveau de m'accompagner.

Clio baissa les yeux, en proie à un profond abattement.

— Jalal, tu ne sais pas ce que tu attends de moi. Tu m'as dit une fois que tu ne te sentais chez toi nulle part. Pour ma part, je me sens profondément enracinée ici. Ne me demande pas de te suivre dans le désert. Je t'en prie, ne fais pas ça.

Elle fronça les sourcils avant d'ajouter, sur une impulsion :

— Pourquoi ne resterais-tu pas ici, toi ? Tu aimes la montagne, n'est-ce pas ? Tu as reconnu toi-même qu'elle coulait dans tes veines.

Comme elle s'y attendait, il secoua la tête et son cœur se contracta douloureusement. N'aurait-elle donc jamais droit au bonheur ? En proie à une bouffée de colère teintée de frustration, elle ajouta :

— Pourquoi a-t-il fallu que tu viennes ici ? Je n'ai rien demandé, moi... Je n'ai pas demandé qu'un prince étranger vienne enchaîner mon cœur !

Eperdue de chagrin, elle fondit en larmes et pour une fois, Jalal ne parut pas comprendre son désarroi.

Il se leva, se rhabilla rapidement.

— Le prince étranger va repartir chez lui, ne t'inquiète pas, lâcha-t-il d'un ton sans réplique.

Clio comprit alors qu'elle l'avait blessé.

— Essaie au moins de me comprendre ! Pourquoi est-ce moi qui devrais tout abandonner ? Pourquoi ne viendrais-tu pas t'installer ici ?

— Que ferais-je dans ce pays ? Mes racines sont au Barakat, rétorqua Jalal avec hauteur.

— Je t'aime, Jalal ! martela Clio, gagnée par une bouffée de panique.

— Je n'en suis pas sûr, lança-t-il avant de se diriger vers la porte.

Là-dessus, il quitta la pièce. Elle le laissa partir, anéantie.

19.

Un rai de lumière filtrait sous la porte de Clio. Ainsi, elle ne dormait pas. Peut-être même l'attendait-elle.

Jalal frappa à la porte. Il entendit un vague murmure et entra. Elle était assise sur son lit, appuyée contre un oreiller, un magazine négligemment posé sur ses genoux.

— J'ai entendu le bateau, commença-t-elle. As-tu découvert quelque chose ?

— Oui.

Il alla s'asseoir sur le lit.

— Le responsable du complot s'est dévoilé sans même s'en rendre compte, reprit-il. Si je n'entretenais plus aucun rapport avec mes oncles, il n'aurait pris aucun risque à me révéler ce qu'il m'a révélé ce soir. Mais mes oncles seront en mesure de découvrir, lorsque je les aurai mis au courant, qui a eu la possibilité d'agir ainsi.

— Alors tout est fini ?

— Oui, je crois qu'on peut dire ça. Cet homme est perdu. Malgré tout, il faudra un certain temps avant de pouvoir évaluer réellement l'ampleur de la conspiration.

Clio ne parla pas tout de suite. Elle observa gravement son visage, ses yeux noirs.

— Mais alors, quelle est la mauvaise nouvelle ? Qu'est-ce qui a bien pu te perturber à ce point ce soir ?

Il soutint son regard, visiblement étonné.

— Comment sais-tu que je suis perturbé ?

Elle se pencha en avant et le gratifia d'un tendre sourire.

— Tu me l'as dit. Je l'ai entendu dans ton pas lorsque tu as gravi l'escalier. Je le vois maintenant sur ton visage.

Il passa la main sous son menton tandis que son regard perçant scrutait longuement son visage.

— On raconte que ma grand-mère comprenait mon grand-père de la même manière... sans avoir besoin de parler. Lui aussi savait lire dans ses pensées. Mes oncles m'ont assuré que c'était la pure vérité. Ils connaissaient intimement mes grands-parents ; il s'agissait de leur père et de leur belle-mère... Alors que pour moi, ils n'étaient que le roi et la reine de mon pays.

— Oui, murmura tristement Clio.

— Ç'a toujours été un mystère pour moi. Dès que j'ai découvert ma véritable origine, j'ai essayé de comprendre pourquoi mes grands-parents n'avaient jamais cherché à me rencontrer. Toi-même, tu as trouvé cela étrange quand je t'en ai parlé, n'est-ce pas ? J'étais le fils de leur fils adoré. Le seul fruit de leur amour exceptionnel. Malgré tout, ils se contentaient de m'éduquer à distance. Pourquoi ? Mon grand-père a vécu encore douze années après que mon existence et ma filiation furent établies... tant de jours et d'années que nous aurions pu savourer ensemble !

— C'était un vieil homme, intervint Clio.

— C'est ce que je me suis toujours dit. Je leur ai trouvé des tas d'excuses : le chagrin toujours vivace causé par la mort de leur fils, l'incrédulité, les problèmes plus pragmatiques d'héritage... J'ai essayé de me convaincre qu'ils ne désiraient pas me voir pour toutes ces raisons.

Il se tut et Clio attendit sans mot dire. Dehors, l'eau murmurait sur le sable, la coque d'un bateau grinçait contre le ponton, le vent chuchotait dans les feuillages.

Quand il se mit à secouer la tête en exhalant un long soupir, elle encadra son visage de ses mains.

— Qu'as-tu appris, ce soir, qui remette en cause tout cela ? demanda-t-elle avec douceur.

— Ils n'ont jamais été au courant de mon existence, répondit Jalal d'un trait. Mon grand-père et ma grand-mère... ils n'ont jamais su qu'un de leurs fils disparu avait laissé derrière lui un enfant. C'est pour cette raison qu'ils ne m'ont jamais fait venir au palais. Ils ignoraient tout de mon existence. Ils sont morts sans connaître la vérité.

Son chagrin emplissait la pièce, presque palpable. Le cœur de Clio se gonfla de compassion.

— Oh, Jalal ! Mais alors... ton éducation, ta formation... qui pensaient-ils que tu étais pour financer tout cela ?

— Ils n'étaient au courant de rien ; mes grands-parents n'ont jamais su que j'existais, mes oncles non plus. Les lettres que je leur ai adressées tout au long de ces années ne leur sont jamais parvenues ou lorsqu'ils les recevaient, elles étaient truquées, déformées... Ils me considéraient comme un simple bandit, c'est la raison pour laquelle ils ont toujours refusé de me recevoir. Dès l'instant où ma mère s'est rendue au palais, je suis devenu une marionnette, un simple pantin livré aux mains d'un individu méprisable, celui qui a reçu ma mère lorsqu'elle s'est fait connaître.

— Pardon ? dit Clio, horrifiée.

D'un geste absent, il caressa la courbe délicate de son cou.

— Cet homme a affirmé à ma mère qu'il avait confié son secret au roi. Il faisait semblant d'agir au nom de ce dernier alors même qu'il transmettait ses propres consignes, ses propres instructions. Ma mère n'a jamais songé à mettre en doute sa crédibilité par peur d'être complètement rejetée par le roi si elle insistait pour le voir en personne.

Il parlait d'une voix enrouée par l'émotion. Après une courte pause, il se tourna vers elle, prit son visage en coupe dans ses grandes mains puissantes et plongea dans ses yeux sombres.

— Ils m'ont avoué tout cela ce soir dans un but précis. Ils désiraient me convaincre que l'homme qui se cachait derrière cette vaste supercherie était un personnage influent, qui serait en mesure de tenir ses promesses. Suffisamment proche du pouvoir pour mener son plan à terme... Mais bien sûr, il s'agissait avant tout d'une manipulation psychologique. Ils espéraient que, sous le choc d'une telle révélation, je déciderais de m'engager à leurs côtés sans réserve.

— Et... leur plan a-t-il fonctionné ?

— J'ai été bouleversé d'apprendre que ma vie était radicalement différente de ce que j'avais toujours cru. Bouleversé de réaliser que je n'étais qu'un pantin qu'on avait délibérément bafoué. Cet homme n'avait depuis le départ qu'un seul objectif : faire de moi une arme qu'il pourrait utiliser à sa guise.

— Oh, Jalal, cet homme doit être un véritable monstre ! s'écria Clio.

— C'est exactement ça, un monstre. Doublé d'un idiot. Ne faut-il pas manquer cruellement d'intelligence pour dédier toutes ces années à un projet qui n'a d'autre issue, d'autre but que la destruction ? Destruction de mes oncles, de la structure globale des émirats... Car il n'y a dans ses intentions aucun élément positif, rien de bon. Absolument rien.

Il reprit son souffle.

— Tant que je vivrai au Barakat, Clio, je resterai la cible de ce genre de fanatiques. Tous les ignorants qui ont oublié les paroles du Prophète selon lesquelles un Etat peut survivre sans religion, mais pas sans justice, tous ceux-là continueront à me considérer comme le prince de paille idéal.

— Le Prophète a dit ça ? ne put s'empêcher de demander Clio, stupéfaite.

— Oui, et beaucoup d'autres choses qu'ignorent ces gens-là.

Il soupira et emprisonna son visage entre ses doigts.

— Tu avais raison. Je ne peux raisonnablement pas t'entraîner dans cette vie de stratégies politiques et de conspirations en tous genres, je ne peux pas fonder une famille dans un tel environnement.

Clio demeura interdite. L'espoir, l'étonnement, l'amour et la compassion s'enchevêtraient dans son cœur.

— Plus rien ne me retient là-bas. Ma vie vient de basculer, Clio. Je me sens libéré de mes anciennes convictions, de mes anciens objectifs, de mes combats personnels... enfin libéré du fardeau du passé. Si tu me veux toujours pour époux, Clio, je resterai ici auprès de toi et je bâtirai un foyer au milieu des lacs et des forêts. J'ai même réfléchi à un projet d'épuration et de recyclage des déchets, ajouta-t-il dans un sourire. Quoi qu'il en soit, je veillerai à ce que les descendants de ma grand-mère retrouvent les paysages qu'elle affectionnait. Nos enfants hériteront de ce que nous aurons construit, voilà tout. Es-tu prête à accepter ce que je t'offre, mon amour ? Cette vie te plaira-t-elle autant qu'à moi ?

Secouée de sanglots, éperdue de bonheur, Clio fut incapable de répondre.

Cela faisait une éternité que la vieille église de Love's Point n'avait pas rassemblé pareille foule. Jeunes et moins jeunes, riches et modestes, princes et simples citoyens, se déversaient à présent dans les rues bordées d'arbres.

Le mariage de Clio Blake et de Jalal al Quraishi s'était déroulé au cours d'une cérémonie œcuménique particulièrement émouvante dans la petite église vieille de cent cinquante ans et la réception avait eu lieu dans un parc magnifique doté de vastes pelouses parsemées de fleurs qui couraient jusqu'à la petite rivière paisible.

La mariée était éblouissante, vêtue d'une élégante robe de satin de soie blanche. Doté de longues manches, le corsage moulait joliment son buste tandis que la jupe retombait en plis souples sur ses pieds. Romantique à souhait, un long voile de tulle couvrait sa chevelure brillante et glissait sur le sol dans un doux froufrou.

Les nombreuses demoiselles d'honneur portaient aussi du blanc. De délicates couronnes en perles nacrées entrelacées de tiges de fleurs ornaient leurs cheveux. Rassemblées autour de Clio, elles ressemblaient à des vestales escortant leur déesse.

Dans la rue, une limousine blanche attendait les jeunes époux, prête à les accompagner à l'aéroport où ils embarqueraient pour une destination inconnue.

Le soleil de cette fin du mois de septembre réchauffait agréablement les membres de la paroisse venus célébrer cette union dans une ambiance festive. Une légère brise gonfla le voile de la mariée.

Les amis prirent encore quelques photos. Les journalistes, eux, s'étaient retirés depuis longtemps après avoir pris de nombreux clichés du couple ainsi que du prince Rafi et de la ravissante princesse Zara, enceinte de quelques mois. Jalal s'était rendu au Barakat pour faire part à ses oncles de sa décision d'épouser Clio, la femme de sa vie, et de quitter les émirats pour s'installer au milieu des lacs et des montagnes. D'abord surpris, les trois princes avaient rapidement approuvé son choix, conscients de la précarité de sa situation dans les émirats et surtout... surtout, de la profondeur de son amour. Contre cela, on ne pouvait pas lutter !

Les conversations allaient bon train, personne n'avait envie de mettre un terme à une journée aussi féerique. Tout à coup, une voix s'éleva au-dessus du brouhaha :

— Il est temps de partir si vous ne voulez pas rater l'avion.

Clio et Jalal échangèrent un sourire complice. Puis ils

se donnèrent la main et se dirigèrent non pas vers la voiture mais vers la petite allée pavée qui descendait jusqu'à la rivière.

Ils se retournèrent vers la foule médusée, sourirent et agitèrent leurs mains avant de dévaler vers le cours d'eau.

Avant même que quelqu'un ait eu le temps de réagir, ils grimpèrent à bord d'un puissant hors-bord. Jalal s'installa aux commandes et le bateau s'éloigna en douceur de la rive.

— Au revoir! clamèrent-ils à l'attention des invités qui les avaient rejoints au bord de la rivière et les contemplaient, bouche bée.

Jalal glissa un bras sur les épaules de son épouse et le voile de cette dernière flotta comme une bannière au vent lorsqu'il accéléra.

Quelques minutes plus tard, ils disparurent sous le pont, en direction du lac. Clio détacha son voile, secoua sa longue chevelure et leva son visage vers son mari, savourant la caresse du soleil sur sa peau.

— Quelle merveilleuse journée! s'écria-t-elle d'une voix emplie d'allégresse.

— Merveilleuse, en effet, approuva Jalal en la gratifiant d'un regard qui la fit fondre de ravissement.

— Crois-tu qu'ils sauront où nous allons?

— Tes amis, peut-être. Espérons seulement qu'ils ne diront rien aux journalistes... Enfin, tu verras, nous redeviendrons vite des gens comme tout le monde, conclut-il en haussant les épaules.

Elle l'embrassa.

— Comment aurais-je pu imaginer un jour que j'épouserais un prince? Dire que je pourrai dire à mes enfants qu'un prince m'a demandée en mariage! ajouta-t-elle d'un ton espiègle.

— Et je pourrai leur dire que tu as réussi à transformer ce prince en simple citoyen...

Ils traversèrent le lac, passèrent le canal, débouchèrent

sur le deuxième lac et atteignirent enfin la rivière de l'Aiguille Courbe, celle qui menait à Solitaire. Quelques minutes plus tard, le bateau s'immobilisait et Clio sautait sur le ponton, toujours vêtue de sa jolie robe blanche.

Elle demeura immobile dans le soleil couchant tandis que Jalal amarrait le bateau. Un soupir de pure félicité lui échappa comme elle contemplait les rouges et les dorés des feuilles d'automne. Leurs mains s'unirent de nouveau et ils prirent côte à côte le chemin qui menait à leur cottage de lune de miel, à la nouvelle vie qui s'offrait à eux.

Le nouveau visage
de la collection Or

◆

AMOURS D'AUJOURD'HUI

Afin de mieux exprimer sa modernité et de vous séduire encore davantage, votre collection Or a changé de couverture et de nom depuis le 1er mars 1995.

Rassurez-vous, les romans, eux, ne changent pas, et vous pourrez retrouver dans la collection **Amours d'Aujourd'hui** tous vos auteurs préférés.

Comme chaque mois, en effet, vous y attendent des héros d'aujourd'hui, aux prises avec des passions fortes et des situations difficiles...

COLLECTION
AMOURS D'AUJOURD'HUI :
Quand l'amour guérit des blessures de la vie...

Chère lectrice,

Vous nous êtes fidèle depuis longtemps?
Vous venez de faire notre connaissance?

C'est pour votre plaisir que nous avons
imaginé un rendez-vous chaque mois
avec vos auteurs préférés, vos
AUTEURS VEDETTE dans les
collections Azur et Horizon.

Les AUTEURS VEDETTE vous
donneront rendez-vous pour de
nouveaux livres vedette.

Pour les reconnaître, cherchez
l'étoile ... Elle vous guidera!

Éditions Harlequin

ROUGE PASSION

De fiévreuses histoires d'amour sensuelles!

De provocantes histoires d'amour passionnées et romantiques qu'on lit d'une seule traite. Aventureuses, parfois humoristiques, et sensuelles, elles mettent en vedette des hommes et des femmes d'aujourd'hui.

ROUGE PASSION... quatre nouveaux titres chaque mois.

COLLECTION HORIZON

Des histoires d'amour romantiques qui vous mènent au bout du monde!

Découvrez la passion et les vives émotions qu'apportent à la Collection Horizon des auteurs de renommée internationale!

Captivantes, voire irrésistibles, ces histoires d'amour vous iront assurément droit au coeur.

Surveillez nos quatre nouveaux titres chaque mois!

HARLEQUIN

En août, on vous tente avec un livre SUPER PASSION de la série Rouge Passion.

Les livres SUPER PASSION sont un peu plus sensuels et excitants, mais toujours l'amour triomphe des contraintes, de dilemmes et vient réchauffer votre coeur comme une caresse.

Une histoire SUPER PASSION chaque mois, disponible là où les romans Harlequin sont en vente !

RP-SUPER

69 L'ASTROLOGIE EN DIRECT ♍
TOUT AU LONG
DE L'ANNÉE.

(France métropolitaine uniquement)
Par téléphone 08.36.68.41.01
0,34 € la minute (Serveur SCESI).

Composé sur le serveur d'EURONUMÉRIQUE, à MONTROUGE
PAR LES ÉDITIONS HARLEQUIN
Achevé d'imprimer en janvier 2002

BUSSIÈRE

GROUPE CPI

à Saint-Amand-Montrond (Cher)
Dépôt légal : février 2002
N° d'imprimeur : 17054 — N° d'éditeur : 9154

Imprimé en France